슬픔이여 안녕

클래식 라이브러리   001

슬픔이여 안녕

클래식 라이브러리　001
Bonjour Tristesse

프랑수아즈 사강 지음
김남주 옮김

arte

BONJOUR TRISTESSE
by Françoise Sagan

잘 가라 슬픔이여

어서 오라 슬픔이여

너는 천장의 선 속에 새겨져 있지

너는 내가 사랑하는 눈 속에 새겨져 있지

너는 비참한 것과는 좀 달라

아무리 가련한 입술이라도 너를 드러내는 건

미소를 통해서니까

반갑다 슬픔이여

다정한 육체들의 사랑

사랑의 힘

거기에서 배려가 생기네

몸 없는 괴물 같은

무심한 얼굴

슬픔의 아름다운 얼굴.

　　　　─ 폴 엘뤼아르, 「눈앞의 삶La vie immédiate」

일러두기

1 이 책은 Françoise Sagan, *Bonjour tristesse*(Paris: Éditions Julliard, 2016)를 옮긴 것이다.
2 인명, 지명 등 외국어의 우리말 표기는 국립국어원 외래어표기법에 따르되, 일부 예외를 두었다.
3 주석은 모두 옮긴이의 것이다.

차례

1부

1

나를 줄곧 떠나지 않는 갑갑함과 아릿함, 이 낯선 감정에 나는 망설이다가 슬픔이라는 아름답고도 묵직한 이름을 붙인다. 이 감정이 어찌나 압도적이고 자기중심적인지 내가 줄곧 슬픔을 괜찮은 것으로 여겨왔다는 사실이 부끄럽게까지 느껴진다. 슬픔, 그것은 전에는 모르던 감정이다. 권태와 후회, 그보다 더 드물게 가책을 경험한 적은 있다. 하지만 오늘 무엇인가가 비단 망처럼 보드랍고 미묘하게 나를 덮어 다른 사람들과 분리시킨다.

그해 여름 나는 열일곱 살이었고 완벽하게 행복했다. 그때 '다른 사람들'이란 내 아버지와 그의 애인 엘자였다. 적절치 않게 보일 수도 있는 이 상황에 대해 즉각 해명할 필요가 있을 것 같다. 아버지는 당시 마흔 살이었고, 15년 전부터 홀아비로 지내오고 있었다. 아버지는 활력과 가능성이 넘치는 젊은 남자였다. 2년 전 기숙학교에서 나온 나는 아버지가 여자와 동거 중이라는 사실을 이내 알아차렸다. 아버지가 6개월마다 여자를 바꾼다는 사실을 받아들이는 데에는 시간이 좀더 걸렸다! 하지만 얼마 지나지 않아 나는 아버지의 매력과 그 평온하고 새로운 삶, 그리고 나 자신의 성향 덕분에 그런 상황에 적응했다. 아버지는 좀 경박하지만 사업적으로 유능하며 언제나 호기심이 충만하지만 이내 싫증을 내는 남자로, 여자들에게 인기가 있었다. 나는 그런 아버지를 아무 어려움 없이 사랑할 수 있었다. 아버지는 선하고 너그럽고 유쾌하고 나에 대한 애정으로 가득했으니까. 아버지보다 더 좋은 친구, 더 유쾌한 친구는 상상할 수 없었다. 그해 여름이 시작될 무렵 아버지는 친절함을 한껏 발휘해 자신의 현재 애인인 엘자와 휴가를 같이 보내도 괜찮겠는지 물어왔다. 나는 괜찮다고 아버지를 안심시킬 수밖에 없었다. 아버지에게 여자가 필요하다는 것을 알고 있었고, 엘자가 우리를 피곤하게 만드는 부류도 아니었기 때문이다. 큰 키에 빨간 머리인 엘자는 샹젤리제의 술집에 나가기도 하고 작은 무대에서 단역을 맡기도 하는, 반쯤은 유흥업계, 반쯤은 사교계에 속한 여자였다. 그녀는 상냥하고 단순하며 소탈했다. 게다가 아버지와 나는 휴가를 떠난다는 사실에 너무 기뻐서 무엇이 되었든 간에 이의를 제기할 생각이 없었다. 아버지는 지중해의 한적한 해안가에 널찍하고 매력적인 하얀 별장을 빌려놓았다. 6월의 열기가 시작되자마자 우리는 그곳에 가는 꿈을 꾸었다. 곶 위에 세워진 그 별장은 바다를 굽어보고 있었고 소나무 숲에 가려져 길에서 보이지 않았다. 그곳에서 갈색 바위로 둘러싸이고 바닷물이 출렁이는 작은 황금빛 해변에 이르기 위해서는 염소들이나 다닐 법한 좁은 길을 지나가야 했다.

도착하고 처음 며칠은 눈부시게 아름다웠다. 우리는 해변에서 여러 시간을 보내면서 열기에 녹초가 되었다. 이윽고 우리의 몸이 건강한 황금빛으로 차츰 그을리기 시작했다. 다만 엘자는 예외였다. 그녀는 햇빛 때문에 피부가 붉어지고 벗겨져 지독한 고통에 시달렸다. 아버지는 돈 후안의 몸매에 어울리지 않는 뱃살을 빼기 위해 복잡한 다리 운동을 했다. 나는 새벽부터 물속에 들어갔다. 맑고 투명한 물속에 몸을 담그고 지치도록 팔다리를 휘저어대며 파리의 온갖 먼지와 어두운 그림자를 씻어냈다. 모래밭에 길게 누워 손안에 모래를 움켜쥐었다가 손가락 사이로 노랗고 보드라운 모래 폭포를 쏟아내기도 했다. 모래 폭포가 시간처럼 모습을 감추고 있다고, 그건 한가로운 생각이라고, 한가로운 생각을 하는 건 기분 좋은 일이라고 느꼈다. 여름이었다.

엿새째 되는 날 나는 처음으로 시릴을 보았다. 그는 소형 요트를 해안에 바짝 붙이는 중이었는데, 그 배가 우리 별장의 작은 만 앞에서 뒤집혔다. 나는 그가 물속에서 자기 물건을 건지는 것을 도와주었다. 우리 둘 다 웃음을 터뜨렸다. 나는 그의 이름이 시릴이고, 법대생이며, 자기 어머니와 함께 옆 별장으로 휴가를 보내러 왔다는 것을 알게 되었다. 라틴계 얼굴인 그는 살빛이 몹시 까무잡잡했으며 아주 활달하면서 뭔가 균형 잡힌, 상대를 편안히 감싸주는 듯한 면이 있었는데, 그 점이 마음에 들었다. 사실 나는 자기 자신에, 특히 자신의 젊음에 열중해 거기서 어떤 비극의 주제나 권태의 구실을 찾기 좋아하는 설익은 부류의 대학생들을 피하는 편이었다. 나는 젊은 사람들을 좋아하지 않았다. 젊은이들보다는 아버지의 친구들, 그러니까 마흔 살 정도 되는 아저씨들이 더 좋았다. 나이 지긋한 남자들은 예의 바르고 애정 어린 태도로 나에게 말을 걸었고, 연인이자 아버지인 것처럼 부드럽게 대해주었다. 하지만 시릴은 내 마음에 들었다. 그는 큰 키에 때때로 무척 미남으로 보였다. 신뢰감을 주는 잘생긴 얼굴이었다. 나는 머리 나쁜 사람들에게서 흔히 보이는 둔하게 못생긴 얼굴을 아버지만큼 혐오하지는 않았지만, 육체적으로 전혀 매력 없는 사람들을 대하면 일종의 거북함을 느끼거나 무관심했다. 상대의 호감을 사려는 시도조차 포기한 그들의 태도가 내게는 지나치게 나약하게 비쳤던 것이다. 상대를 기쁘게 하는 것 말고 우리가 대체 무엇을 추구해야 한단 말인가? 상대를 사로잡고 싶어 하는 이런 욕망이 지나친 활력이나 지배욕에서 나오는지, 아니면 입 밖에 내서 말하지 않는, 자신감을 북돋을 은밀한 필요에서 나오는 것인지 나는 지금도 잘 모르겠다.

시릴은 나와 헤어지면서 요트 조종법을 가르쳐주겠다고 했다. 저녁 식사를 하러 별장으로 돌아온 나는 온통 그에 대한 생각에 몰두한 채 식탁에서 거의 대화에 끼지 않았다. 그래서 그날 아버지가 신경이 날카롭다는 것을 거의 눈치채지 못했다. 저녁 식사 후 우리는 매일 그랬듯이 테라스에 놓인 소파에 편안하게 앉았다. 하늘에는 눈부시게 많은 별이 떠 있었다. 나는 그 별들을 바라보며 그것들이 하늘을 가르며 떨어져 내렸으면 하는 막연한 기대에 휩싸였다. 하지만 아직 7월 초였고, 별들은 움직이지 않았다. 조약돌이 깔린 테라스에서 매미가 울었다. 열기와 달빛에 취해 밤새도록 그렇게 기묘하게 울어대는 매미가 수천 마리는 되는 것 같았다. 매미는 우는 것이 아니라 그저 앞날개를 서로 비벼대는 것뿐이라고 누군가 알려주었지만, 나는 그 노래가 고양이가 발정기에 내는 소리처럼 목구멍에서 나는 본능적인 소리라고 믿고 싶었다. 기분 좋은 밤이었다. 내가 스르르 잠 속으로 빠져드는 걸 방해하는 것은 내 살갗과 셔츠 사이에서 사각거리는 작은 모래 알갱이들뿐이었다. 그때였다. 아버지가 헛기침을 하더니 긴 의자에서 자세를 바로 했다.

"두 사람에게 말해둬야 할 것 같은데, 누가 오기로 했어."

나는 실망에 젖어 두 눈을 감았다. 우리는 정말이지 평화롭게 지내고 있었는데 이런 생활이 깨질 거라니!

"누가 오는지 얼른 말해봐요." 사교계 이야기라면 언제나 궁금해하는 엘자가 소리쳤다.

"안 라르센이야." 이렇게 대답하고 아버지는 나를 돌아보았다.

나는 너무 놀라서 아무 말도 하지 못하고 아버지를 물끄러미 응시했다.

"내가 전에 안에게 의상 컬렉션 일로 너무 피곤해지면 여기 와도 좋다고 말한 적이 있거든. 그런데 그녀가…… 그녀가 이번에 온다는 거야."

전혀 예상치 못한 일이었다. 안 라르센은 세상을 떠난 내 가엾은 어머니의 옛 친구로 아버지하고는 거의 교류가 없었다. 하지만 2년 전 내가 기숙학교에서 나왔을 때 아버지는 나를 어떻게 해야 좋을지 몰라 그녀에게 보냈다. 일주일 만에 그녀는 나에게 세련되게 옷 입는 법과 세상 살아가는 법을 알려주었다. 나는 그런 안을 몹시 선망했는데, 그녀는 노련하게도 나의 그 감정을 자기 주변의 한 청년한테 돌리게 만들었다. 그러니까 내가 처음으로 숙녀다운 우아함을 갖추고 첫사랑을 하게 된 것은 그녀 덕분이다. 그 때문에 나는 그녀에게 몹시 고마운 마음을 갖고 있었다. 마흔두 살의 그녀는 아름다운 얼굴에 아주 매력적이고 세련되었고, 도도하고 지친 듯하며 주변에 무관심한 듯한 표정을 짓고 있었다. 그녀에게서 비난할 만한 점은 그 무관심뿐이었다. 안은 사랑스러운 동시에 범접할 수 없는 존재였다. 그녀에게서는 의연한 의지력과 상대를 주눅 들게 만드는 진정한 차분함이 풍겨 나왔다. 이혼을 하고 자유로운 상태였지만 연인이 있는 것 같지는 않았다. 게다가 우리와 안은 어울리는 사람들이 달랐다. 안은 세련되고 지적이고 신중한 사람들과 사귀었고, 우리는 떠들썩하고 뭔가를 갈구하는 사람들과 어울렸다. 아버지가 그 사람들에게 원하는 것은 잘생긴 외모나 재미뿐이었다. 안은 모든 무절제를 혐오하는 만큼 즐거움을 추구하는 우리의 경박한 취향 때문에 우리, 그러니까 아버지와 나를 좀 경멸했던 것 같다. 그녀와 우리가 만나는 경우는 사업상의 저녁 식사를 할 때나(그녀는 의상 일을 했고 아버지는 홍보 일을 했다) 우리 어머니를 추억할 때, 그리고 위압감을 느끼면서도 그녀를 몹시 선망하던 내가 애써 자리를 만들 때뿐이었다. 요컨대 안이 이렇게 불쑥 우리를 찾아오는 것은 엘자의 존재와 안의 교육관을 고려할 때 좀 난처한 일이 아닐 수 없었다.

엘자는 사교계에서 안이 차지하는 위치에 대해 온갖 질문을 퍼붓고 난 후 위층으로 잠을 자러 갔다. 아버지와 단둘이 남게 되자 나는 층계로 가서 아버지 발치에 앉았다. 아버지는 몸을 앞으로 기울이고 내 어깨에 두 손을 올려놓았다.

"어째서 이렇게 비쩍 말랐니, 우리 예쁜이? 마치 작은 야생 고양이 같구나. 내 딸이 맑은 눈을 지닌 통통하고 예쁜 금발이면 좋겠는데……."

"지금 그게 문제가 아니야. 왜 안을 초대한 거야? 그리고 안은 어쩌자고 그 초대를 받아들인 걸까?"

"네 늙은 아버지가 보고 싶어서인지도 모르지. 사람 일은 모르는 거니까."

"아버지는 안이 남자로서 좋아할 유형이 아니야. 그러기에는 안이 너무 지적이고 자존심이 강하다고. 그리고 엘자는? 엘자 입장은 생각해봤어? 안과 엘자가 어떤 대화를 나눌지 떠올릴 수 있어? 난 상상도 못 하겠는데!"

"거기까진 미처 생각 못 했다. 정말 큰일이구나. 세실, 내 귀염둥이, 우리 그냥 파리로 돌아가버릴까?"

아버지는 부드럽게 웃으면서 내 목덜미를 쓸었다. 나는 고개를 돌려 아버지를 바라보았다. 그의 눈가에 유쾌한 잔주름이 잡히면서 검은 두 눈이 빛났다. 입술은 위로 살짝 젖혀져 있었다. 그 모습은 영락없는 호색한 파우누스였다. 나는 아버지와 함께 웃기 시작했다. 아버지가 골치 아픈 일을 자초했을 때 늘 그랬듯이.

"내 오랜 공모자, 네가 없었으면 어쩔 뻔했니?" 아버지가 말했다.

그 목소리에 서린 어조가 어찌나 설득력 있고 부드럽던지 정말 내가 없었다면 아버지가 불행했을 거라는 생각이 들었다. 밤늦게까지 우리는 사랑에 대해, 사랑의 복잡미묘함에 대해 이야기를 나누었다. 아버지가 보기에 사랑이 복잡하다는 것은 모두 뜬구름 같은 얘기였다. 그는 정절, 진지함, 약속 같은 개념을 철저히 거부했다. 그런 것들은 현실성도 없고 지킬 수도 없다고 내게 설명했다. 아버지가 아닌 다른 사람에게서 그런 이야기를 들었다면 나는 충격을 받았을 것이다. 하지만 아버지의 경우에는 그런 연애관이 애정이나 헌신을 배제하는 것이 아님을 나는 알고 있었다. 아버지가 그런 감정들을 원하는 만큼, 그리고 그것들이 일시적이라는 것을 알고 있는 만큼 애정이나 헌신 같은 감정들은 그에게 쉽사리 다가왔다. 빠르고 격렬하고 일시적인 사랑, 이런 개념에 나는 매료되었다. 나는 당시 정절 같은 것에 매혹되는 나이가 아니었다. 나는 사랑에 대해 아는 것이 거의 없었다. 몇 번의 데이트, 입맞춤 그리고 그 후에 찾아오는 권태 이외에는.

2

안은 일주일 후에 오기로 되어 있었다. 나는 진짜 휴가라고 할 수 있는 그때까지의 나날을 한껏 즐겼다. 우리는 별장을 두 달간 빌렸지만, 일단 안이 도착하면 완전한 휴식은 불가능하리라는 것을 나는 알고 있었다. 안은 사태의 윤곽을 파악하고 아버지와 내가 무심코 내뱉는 말에 의미를 부여했다. 그녀는 뛰어난 감각과 세련됨에 관해 기준을 제시하고, 멈칫하는 동작, 상처 입은 듯한 침묵, 특유의 표정으로 우리가 그 기준을 감지할 수밖에 없도록 만들었다. 흥미롭지만 피곤한, 요컨대 좀 모욕적인 일이었다. 왜냐하면 대부분 그녀가 옳다고 나도 느꼈기 때문이다.

안이 도착하는 날 아버지와 엘자는 프레쥐스 역으로 마중을 나가기로 했다. 나는 같이 가지 않겠다고 단호하게 말했다. 내가 빠지는 곤란한 상황을 타개하기 위해 아버지는 기차에서 내리는 안에게 꽃다발을 안겨줄 생각으로 정원에 핀 글라디올러스를 모조리 꺾었다. 나는 그 꽃다발을 엘자를 통해 주지는 말라는 충고를 했을 뿐이다. 오후 3시, 아버지와 엘자가 출발하고 나서 나는 해변으로 내려갔다. 태양이 뜨겁게 내리쬐고 있었다. 나는 모래 위에 길게 누워 반쯤 잠이 들었다가 시릴의 목소리에 정신을 차렸다. 나는 두 눈을 떴다. 하늘은 열기와 뒤섞여 하얘져 있었다. 나는 대답하지 않았다. 시릴이든 누구든 간에 아무와도 이야기하고 싶지 않았다. 입안은 바짝 마르고 두 팔은 축 늘어뜨린 채 나는 그 여름의 힘으로 모래밭에 못 박힌 듯 움직이지 않았다.

"살아 있는 거야? 멀리서 보니 네 모습이 꼭 난파당한 사람 같더라." 시릴이 말했다.

나는 미소를 지어 보였다. 시릴이 옆에 앉자 심장이 세차게 쿵쿵 뛰기 시작했다. 자리에 앉으면서 그가 손으로 내 어깨를 살짝 건드렸던 것이다. 지난 한 주 동안 대단한 내 요트 조종 실력 덕분에 그와 함께 여러 차례 물속에 처박혀 서로 얼싸안고 버둥댔지만 아무런 동요도 느끼지 못했다. 하지만 그날은 그 열기, 그 몽롱한 상태, 그 어색한 손짓만으로도 내 안에서 무엇인가가 부드럽게 무너져내렸다. 나는 시릴을 향해 고개를 돌렸다. 시릴이 나를 바라보고 있었다. 나는 그를 알아가기 시작한 참이었다. 그는 또래보다 한결 균형 잡히고 건전한 것 같았다. 그래서 그는 우리 집 상황─호기심을 불러일으키는 우리 세 사람의 관계─에 더욱 충격을 받은 듯했다. 점잖고 숫기가 없어서 내게 대놓고 말하지는 않았지만, 슬며시 피하는 그 눈길에서 나는 그가 아버지를 좋지 않게 여기고 있음을 느꼈다. 그런 상황에 대해 내가 고민하고 있었다면 그는 좋아했으리라. 하지만 나는 괴롭지 않았다. 그 순간 나를 괴롭히는 것은 다만 그의 눈길과 미칠 듯이 뛰는 내 심장뿐이었다. 그가 내게로 몸을 기울였다. 나는 최근 사나흘을 돌아보았다. 그의 곁에서 나는 얼마나 평온하고 편안했던가. 그러자 큼직하고 두툼한 그의 입술이 다가오는 것이 유감스럽게 여겨졌다.

"시릴, 우리 그동안 참 행복했잖아……." 내가 말했다.

그는 내게 부드럽게 키스했다. 나는 하늘을 바라보았다. 이윽고 내 눈에 보이는 것이라고는 감은 눈꺼풀 아래서 반짝이는 붉은빛뿐이었다. 더위, 멍한 기분, 첫 키스의 맛, 욕망 어린 한숨이 한동안 이어졌다. 차 경적 소리가 나는 바람에 우리는 도둑질을 하다가 들킨 사람들처럼 소스라치며 서로에게서 몸을 뗐다. 나는 아무 말도 하지 않은 채 시릴 곁을 떠나 별장으로 올라갔다. 아버지가 이렇게 빨리 돌아오다니 이상했다. 안이 타고 올 기차는 아직 도착하지 않았을 텐데. 그런데 별장 테라스에 서 있는 사람은 바로 안이었다. 방금 자동차에서 내린 것 같았다.

"여긴 완전히 '잠자는 숲속의 공주'의 집이구나! 넌 어쩜 그렇게 그을었니, 세실! 너를 다시 보니 정말 기쁘다." 안이 말했다.

"나도 기뻐요. 그런데 파리에서 오는 길인가요?" 내가 물었다.

"자동차로 오는 편이 낫겠다 싶었거든. 그랬더니 지금 몹시 피곤하단다."

나는 그녀를 방으로 안내했다. 창을 열면서 나는 시릴의 요트를 볼 수 있을지도 모른다고 생각했지만 그의 모습은 이미 사라지고 없었다. 안이 침대에 앉았다. 그녀의 눈 주위에 작은 그늘이 드리워져 있었다.

"이 별장 정말 매혹적이다. 그런데 네 아버지는 어디 있니?" 안이 물었다.

"안을 마중하러 역에 갔어요. 엘자와 함께요."

나는 안의 여행 가방을 의자에 올려놓고 무심코 그녀를 향해 몸을 돌렸다. 그 순간 나는 정말 충격을 받았다. 갑자기 안의 얼굴이 일그러지면서 입술이 바르르 떨렸던 것이다.

"엘자 마켄부르 말이니? 네 아버지가 엘자 마켄부르를 여기 데리고 왔어?"

나는 뭐라 대답해야 할지 알 수 없었다. 어안이 벙벙한 채 그녀를 물끄러미 바라보았다. 저 얼굴은 언제나 평온하고 잘 통제되어 놀라움을 자아내지 않았던가. 안의 눈은 나를 향해 있었지만 실은 내 말이 불러일으킨 이미지를 바라보고 있는 듯했다. 이윽고 그녀는 정신을 차린 듯 내게서 고개를 돌렸다.

"여기 오겠다고 좀더 일찍 알려야 했는데. 하지만 너무 피곤했고 너무 서둘러 떠나오느라고……." 그녀가 말했다.

"하지만 지금……." 내가 기계적으로 말을 이었다.

"지금 뭐?" 그녀가 물었다.

그녀의 눈길에는 뭐냐고 묻는 동시에 힐난하는 듯한 기운이 어려 있었다. 아무 일도 없었던 것 같았다.

"지금 안이 여기 있잖아요. 그러니까 여기 이렇게 와주어 무척 기쁘다고요. 난 아래층에 있을게요. 혹시 뭔가 마실 것이 필요하면 바에 다 있어요." 내가 두 손을 비비면서 바보같이 대답했다.

나는 두서없이 중얼거리며 방을 나와 여러 생각에 휩싸인 채 층계를 내려갔다. 어째서 안은 그런 표정, 그런 충격받은 목소리, 그런 약한 모습을 보인 걸까? 나는 긴 의자에 앉아 두 눈을 감았다. 나는 안의 자신 있고 엄격한 온갖 표정을 떠올려보려고 애썼다. 비꼬는 듯한 표정, 다정한 표정, 권위적인 표정. 조금 전 그녀에게서 발견한 그 쉽게 상처 입을 듯한 여린 표정은 감동적인 동시에 짜증스러웠다. 안이 속으로 우리 아버지를 사랑하고 있었던 걸까? 안이 아버지를 사랑한다는 게 가능한 일일까? 아버지에게는 안의 취향에 어울릴 만한 부분이 전혀 없었다. 아버지는 의지가 약하고 경박하고 때로는 미덥지 못했다. 안이 조금 전 그런 표정을 지은 것은 혹시 여행의 피로 때문이거나 아버지의 생활에 도덕적으로 분개해서가 아닐까? 나는 이런저런 가설을 세우며 한 시간을 보냈다.

5시가 되자 아버지가 엘자와 함께 돌아왔다. 나는 아버지가 자동차에서 내리는 것을 바라보면서, 안이 아버지를 사랑하는 것이 과연 가능한 일인지 가늠해보았다. 아버지는 고개를 약간 뒤로 젖힌 채 빠른 걸음으로 나를 향해 걸어왔다. 환하게 미소를 지으면서. 나는 안이 아버지를 사랑하는 것이 가능하다고, 아버지는 그 누구의 사랑도 받을 수 있으리라고 생각했다.

"안은 오지 않았어. 설마 기차에서 떨어진 건 아니겠지?" 아버지가 내게 외쳤다.

"안은 지금 방에 있어. 차를 타고 왔어."

"정말이니? 잘됐구나! 이제 네가 올라가서 이 꽃다발만 전해주면 되겠다."

"날 주려고 꽃을 샀나요? 이렇게 고마울 데가." 안의 목소리가 들려왔다.

안은 여행의 흔적은 찾아볼 수 없을 만큼 말끔한 원피스 차림을 하고, 느긋하게, 미소를 가득 띠고 아버지를 만나러 층계에서 내려왔다. 나는 서글픈 심정으로 그녀가 아버지의 자동차 소리를 듣고

서야 내려왔다는 사실을 떠올렸다. 조금 더 일찍 내려와 나와 이야기를 나눌 수도 있었는데. 화젯거리라고는 실패한 내 대학 입시 이야기뿐이었겠지만 말이다. 생각이 거기까지 미치자 오히려 다행이다 싶었다.

아버지가 달려가 안의 손에 입을 맞추었다.

"이 꽃다발을 손에 들고 기차역 플랫폼에서 15분을 기다렸답니다. 입가에 바보 같은 미소를 짓고 말입니다. 무사히 도착하셔서 다행이네요! 엘자 마켄부르는 알지요?"

나는 눈길을 돌렸다.

"전에 만난 적이 있는 것 같아요. 여기 내 방은 정말 멋지더군요. 초대해줘서 고마워요, 레몽. 정말 지쳐 있던 참이거든요." 안이 상냥하게 말했다.

아버지는 기분이 몹시 좋은 듯했다. 그가 보기에는 모든 것이 순조로웠다. 아버지는 이런저런 말을 늘어놓으며 포도주병을 땄다. 하지만 나는 시릴의 열정적인 얼굴과 안의 얼굴을, 강한 감정이 각인된 그 두 얼굴을 차례로 떠올리면서 이 휴가가 아버지가 단언했던 대로 그렇게 단순할 수 있을지 자문했다.

우리의 첫 저녁 식사는 무척 유쾌했다. 아버지와 안은 그들이 공통으로 아는 사람들에 대해 이야기를 나누었다. 그런 이들이 많지는 않았지만 모두 흥미진진한 인물들이었다. 나는 그 대화가 무척 재미있었다. 안이 아버지의 동업자인 회사의 공동경영자를 두고 좀 모자란 사람 같다는 말을 하기 전까지는. 그 사람은 술고래이긴 했지만 무척 친절했고, 아버지와 나는 여러 차례 그와 아주 근사한 저녁 식사를 한 적이 있었다.

내가 항변했다.

"롱바르 씨는 재미있는 분이에요, 안. 난 롱바르 씨와 함께 있으면 무척 즐거운걸요."

"하지만 너 역시 그 사람이 어딘가 부족하단 건 인정하지 않니. 게다가 그의 유머는……."

"일반적인 지성이라고 할 수는 없지만……."

안이 아랫사람을 다루는 듯한 말투로 내 말을 잘랐다.

"그런 식의 지성은 그저 나이만 먹으면 생긴단다."

세공된 보석같이 간명한 그녀의 단정적인 표현에 나는 매혹되었다. 어떤 말들은 미묘하게 지적인 분위기가 풍겨서 그 의미가 완전히 파악되지 않는 경우에도 나를 매혹한다. 그럴 때면 나는 작은 수첩과 연필을 갖고 다니며 그 말을 받아 적고 싶었고, 안에게도 그렇다고 털어놓았다. 아버지가 웃음을 터뜨렸다.

"적어도 넌 꽁해 있진 않는구나."

안에게 앙심 같은 건 품을 수 없었다. 안은 악의를 가지고 그런 말을 한 게 아니었으니까. 나는 그녀가 무심히 그런다는 것을 너무나 잘 알았다. 안의 판단에는 심술궂은 의도에서 보이는 뾰족하고 날카로운 면이 없었다. 다만 그래서 더 가혹한지도 몰랐다.

그 첫날 저녁 엘자는 무신경하게도 아버지의 방으로 곧장 들어갔는데, 의도적이든 아니든 간에 안은 크게 신경을 쓰는 것 같지 않았다. 안은 나를 위해 자신의 컬렉션에 출품했던 스웨터를 하나 가져왔지만 내게 고마움을 표할 기회를 주지 않았다. 판에 박힌 감사의 말은 그녀를 지루하게 했다. 그리고 어떤 감사의 말로도 내 열광을 표현하기에 부족했으므로 나는 굳이 고맙다는 말을 하려고 애쓰지 않았다.

"저 엘자라는 아가씨는 무척 상냥한 것 같구나." 내가 방을 나가려는 순간 안이 말했다.

그녀는 웃음기 없는 표정으로 내 눈을 똑바로 바라보았다. 반드시 없애버려야 할 어떤 생각을 내가 갖고 있지 않은지 알아내려는 듯했다. 나는 낮에 그녀가 반사적으로 보인 표정을 잊어야만 했다.

"예, 맞아요, 매력적이에요. 음, 그러니까 아주 착한…… 아가씨예요."

나는 말을 더듬었다. 안이 웃음을 터뜨렸다. 나는 신경이 몹시 곤두선 채 방으로 돌아와 자리에 누웠다. 잠이 들면서 나는 칸에서 여자애들과 춤을 추고 있을지도 모를 시릴을 생각했다.

이 이야기를 하면서 내가 중요한 것을 빠뜨린 듯하다. 아니, 빠뜨리지 않을 수 없었던 것 같다. 바다의 존재, 그 끊임없는 리듬 그리고 태양. 시골 기숙학교 뜰에 서 있던 보리수나무 네 그루와 그 냄새, 지금으로부터 3년 전 기숙학교에서 나온 나를 데려가려고 기차역 플랫폼에 서 있던 아버지의 미소 같은 것에 대해 이야기하는 것을 잊은 듯하다. 아버지가 그렇게 어색한 미소를 지은 것은 내가 머리를 촌스럽게 땋아 늘이고 검은색에 가까운 보기 싫은 긴 원피스를 입고 있었기 때문이다. 함께 자동차에 타자 아버지는 갑자기 기쁨에 찬 듯 요란하게 웃음을 터뜨렸다. 왜냐하면 그와 꼭 닮은 눈과 입을 가진 나는 이제 그에게 가장 소중한 존재, 가장 멋진 놀이 친구가 될 터였으므로. 그때 나는 아무것도 모르는 어린아이였다. 아버지는 나에게 파리를, 사치를, 편안한 삶을 보여줄 터였다. 당시 내가 누린 즐거움의 대부분은 돈이 있어서 가능했던 것 같다. 자동차에 올라 속도를 즐기고 새 드레스를 갖고 레코드와 책과 꽃을 사는 즐거움 말이다. 나는 지금도 그런 안이한 즐거움을 부끄러워하지 않는다. 내가 그런 즐거움을 군이 안이하다고 일컫는 이유는 사람들이 그렇다고 하기 때문일 뿐이다. 슬픔이나 알 수 없는 위기감을 느꼈다면, 나는 그 감정들을 훨씬 쉽사리 부인하고, 유감스럽게 여겼으리라. 쾌락과 행복을 좇는 취향은 내 성격에서 유일하게 일관된 면이다. 혹시 내가 책을 많이 읽지 않아서 그런 것일까? 기숙학교에서는 학생들에게 교훈적인 책만 읽게 했다. 그리고 파리에 오자 책 읽을 시간이 없었다. 수업이 끝나면 친구들이 나를 끌고 영화관으로 데려갔다. 나는 배우들의 이름을 전혀 알지 못했고, 친구들은 그런 나에게 몹시 놀란 모양이었다. 때로는 햇빛 비치는 카페의 테라스로 몰려가기도 했다. 나는 군중 속에 뒤섞이는 즐거움, 술을 마시는 즐거움, 누군가 내 눈을 지그시 들여다보고 내 손을 잡고 사람 없는 곳으로 데려갈 때의 기쁨 같은 것들을 음미했다. 우리는 집까지 몇 블록을 걸었다. 집에 도착하면 상대는 현관문 아래에서 나를 끌어당겨 키스했다. 나는 키스의 즐거움을 알게 되었다. 어린 여자애라면 누구든지 공통적으로 갖고 있을 그런 추억 하나하나에 장, 위베르, 자크 같은 이름을 붙이지는 않으리라. 그러다가 저녁이 되면 나는 갑자기 어른이 되었다. 아버지는 나를 내 나이에 어울리지 않는 파티에 데려갔다. 나는 그런 파티가 즐거웠고, 사람들은 어린 내가 함께 있다는 것에 즐거워했다. 파티가 끝나면 아버지는 나를 먼저 집에 데려다준 다음 대개는 여자 친구를 바래다주러 다시 나갔다. 나는 아버지가 돌아오는 소리를 듣지 못한 채 잠이 들었다.

아버지가 내게 연애 행각을 과시했다는 인상을 주고 싶지는 않다. 그는 다만 자신의 연애를 내게 숨기지 않았을 뿐이다. 좀더 정확히 말하자면 아버지는 우리 집에 자주 여자 친구를 초대해 저녁 식사를 하거나 자고 가게 했는데, 그런 상황을 합리화하기 위해 거짓말을 하거나 적당한 구실을 둘러대지 않았다. 때로는 며칠간 계속 묵는 경우도 있었는데…… 다행히 오래가진 않았다! 어쨌든 나는 얼마 지나지 않아 아버지와 그의 '여자 손님들'과의 관계가 어떤 것인지를 알게 되었는데, 아버지가 그런 식으로 고통스럽게 변명을 꾸며내려 하지 않았기 때문에 내 신뢰를 잃지 않을 수 있었음은 말할 필요도 없다. 탁월한 계산이었다. 유일한 단점은 내가 사랑에 대해 과도하게 냉소적인 태도를 취하게 된다는 것뿐이었다. 내 나이와 경험을 고려할 때 사랑은 충격적이기보다는 눈부신 것이어야 했다. 나는 오스카 와일드의 보석 같은 경구를 일부러 읊조리곤 했다. "과오란 현대 사회에서 유일하게 살아남은 생생한 색깔이다." 나는 절대적인 믿음을 갖고 이 말을 금언으로 삼았다. 경험을 통해 깨달은 것 이상으로 그 말을 확신했던 것 같다. 나는 내 삶이 이 구절로 대변되고 이 구절에서 영감을 받을 수 있으리라고, 그 구절로부터 도착적인 채색 판화처럼 솟아오를 수 있으리라고 여겼다. 삶에는 작동하지 않는 시간, 논리와 맥락이 닿지 않는 때, 일상적인 좋은 감정 같은 것들이 있음을 잊고 있었던 것이다. 당시 나는 저속하고 부도덕한 삶을 이상으로 여겼다.

3

이튿날 아침 나는 침대 가득 비스듬히 비쳐드는 뜨거운 햇살 때문에 잠에서 깼다. 그 햇살 덕분에 그때까지 나를 괴롭히던 조금 혼란하고 괴상한 꿈에서 벗어날 수 있었다. 반쯤 잠이 깬 상태에서 나는 한 손을 들어 얼굴에 줄곧 내리쬐는 뜨거운 햇살을 가려보려고 했으나 이내 포기하고 말았다. 아침 10시였다. 나는 잠옷 바람으로 아래층 테라스로 내려갔다. 안이 신문을 뒤적거리고 있었다. 나는 그녀가 연하지만 완벽하게 화장한 상태임을 눈여겨보았다. 안은 긴장을 풀고 진짜 휴가를 보낼 마음이 없는 듯했다. 그녀가 내게 관심을 보이지 않았으므로 나는 커피 한 잔과 오렌지 하나를 들고 조용히 계단에 앉아서 기분 좋은 아침을 음미하기 시작했다. 오렌지의 속살을 깨물자 달콤한 과즙이 입속으로 쏟아져 들어왔다. 과즙을 넘긴 다음 바로 아주 뜨거운 블랙커피를 한 모금 마셨고, 다음 순간 다시 신선한 과일을 깨물었다. 아침 햇빛에 머리카락이 데워지고 살갗에 찍힌 시트 자국이 사라지기 시작했다. 이제 5분 내로 일어나

수영을 하러 가리라. 그 순간 안의 목소리가 들려왔다. 나는 소스라치며 정신을 차렸다.

"세실, 아침 안 먹니?"

"아침엔 뭘 먹는 것보다 마시는 게 더 좋아요. 왜냐하면……."

"보기 좋은 몸매가 되려면 넌 적어도 삼 킬로그램은 더 쪄야 해. 지금 볼은 움푹 파였고 갈비뼈만 앙상하잖아. 자, 가서 버터 바른 빵 좀 먹으렴."

나는 버터 바른 빵을 먹으라고 강요하지 말라고 안에게 사정했다. 그녀가 내게 왜 그래야만 하는지 설명하려는 순간, 화려한 물방울무늬 실내복을 입은 아버지가 나타났다.

"정말 보기 좋은 광경이군요. 햇볕에 알맞게 그을린 두 아가씨가 버터 바른 빵에 대해 이야기하고 있다니." 아버지가 말했다.

"안타깝게도 여기 아가씨는 하나뿐이에요! 난 당신과 비슷한 나이라고요, 레몽. 유감스럽게도요." 안이 웃으며 말했다.

아버지는 몸을 앞으로 숙여 그녀의 손을 잡았다.

"당신은 언제나 그렇게 거침없이 말하는군요." 아버지가 부드럽게 말했다. 예기치 못한 애무라도 받은 것처럼 안의 눈꺼풀이 파르르 떨리는 것을 나는 보았다.

나는 그 틈을 타서 자리를 빠져나왔다. 층계에서 나는 엘자와 엇갈렸다. 엘자는 지금 막 침대에서 일어난 것이 분명했다. 햇빛에 지나치게 그을려 새빨개진 얼굴에 입술은 창백했고 눈두덩은 부풀어 있었다. 하마터면 나는 엘자를 붙잡고 이렇게 말할 뻔했다. 안이 완벽하게 단장한 깔끔한 모습으로 아래층에 있다고, 이제부터 안은 조심스럽고 지나치지 않게 햇빛에 그을기 시작할 것이라고. 하마터면 나는 그녀를 조심하라고까지 말할 뻔했다. 하지만 내가 그렇게 말했더라도 엘자는 분명 내 말뜻을 제대로 알아듣지 못했을 것이다. 엘자는 스물아홉 살이었다. 다시 말해서 안보다 열세 살이나 어렸고 엘자에게는 그 사실이 가장 내세울 만한 것으로 여겨졌으리라.

나는 수영복을 입고 해변으로 달려갔다. 놀랍게도 시릴이 이미 그곳에 와서 요트에 앉아 있었다. 그는 진지한 태도로 내게 걸어오더니 내 두 손을 잡았다.

"어제 일은 정말 미안했어." 그가 말했다.

"그건 내 잘못이었는걸." 내가 대답했다.

나는 어제 일을 전혀 마음에 두고 있지 않았으므로 그의 심각한 태도에 조금 놀랐다.

"그런 짓을 한 나 자신이 정말 원망스러워." 시릴이 요트를 바다 쪽으로 밀면서 다시 말했다.

"그럴 필요 없어." 내가 가벼운 어조로 대답했다.

"아니, 있다니까!"

그때 이미 나는 그 작은 요트에 타고 있었다. 그는 깊이가 종아리쯤 되는 물속에 서서 뱃전을 마치 법정의 난간이라도 되는 것처럼 두 손으로 짚고 있었다. 그가 나와 이야기를 끝내기 전까지는 요트에 오르지 않을 작정임을 깨닫고 나 역시 필요한 만큼 주의를 기울여 그를 바라보았다. 나는 그의 표정이 무엇을 의미하는지 잘 알고 있었고, 거기에서 내 모습을 보았다. 스물다섯 살인 그가 자신을 어린 소녀를 유혹하는 나쁜 남자로 간주하고 있다고 생각하자 웃음이 나왔다.

"웃지 마. 알겠지만, 어젯밤 나는 나 자신이 원망스러웠어. 넌 나로부터 자신을 지킬 만한 아무런 힘이 없었는데 말이야. 네 아버지도, 그 여자도 너를 지켜주지 못하잖아……. 하마터면 나는 정말 질 나쁜 인간이 될 뻔했어. 그런 놈이 될 뻔했다고. 네가 나를 그런 식으로 생각할 수도 있을 거라고…….”

시릴은 무척 진지했다. 나는 그가 좋은 사람이고 나를 사랑할 준비가 되어 있다는 걸 느꼈다. 그리고 나 역시 그를 사랑하고 싶어 한다는 것을. 나는 그의 목에 매달려 그의 뺨에 내 뺨을 갖다 댔다. 그의 어깨는 넓었고 내 몸에 와 닿는 그의 몸은 단단했다.

“넌 좋은 사람이야, 시릴. 내게 오빠가 되어줄 수도 있을 것 같아.” 내가 중얼거렸다.

그는 약이 오른 듯 작게 외마디 소리를 지르며 내게 두른 두 팔을 풀더니 나를 부드럽게 요트에서 끌어내렸다. 그는 나를 조금 들어 올려 내 머리를 자기 어깨에 얹은 뒤 꼭 끌어안았다. 그 순간 나는 그를 사랑한다고 느꼈다. 아침 햇살 속에서 그는 나만큼이나 황금빛이었고 다정했으며 부드러웠다. 그는 나를 보호해주고 있었다. 그의 입술이 내 입술을 찾았을 때 나는 그와 마찬가지로 쾌락으로 떨기 시작했다. 우리의 키스는 아무런 회한도 아무런 수치심도 없는, 그저 신음 소리로 간간이 끊기는 깊은 탐색이었다. 나는 그에게서 몸을 떼고 물 위를 떠돌고 있는 요트를 향해 헤엄치기 시작했다. 나는 얼굴을 물속에 담갔다. 정신을 차리기 위해, 열기를 식히기 위해……. 물은 초록색이었다. 나는 행복이, 완벽한 편안함이 나를 감싸는 것을 느꼈다.

11시 반 시릴은 그곳을 떠났고, 아버지와 두 여자가 좁은 오솔길에 모습을 드러냈다. 아버지는 두 여자 사이에서 걸으며 두 사람을 부축해주고 신사답게 두 사람에게 번갈아 손을 내밀었는데, 그런 동작을 자연스럽게 할 수 있는 사람은 이 세상에 우리 아버지뿐일 것이다. 안은 가운 차림이었다. 그녀는 우리가 보는 앞에서 무심하게 가운을 벗더니 모래밭에 길게 누웠다. 날씬한 허리, 완벽한 두 다리, 아주 가벼운 노화의 기미를 제외하면 아쉬운 점이 없었다. 물론 여러 해에 걸쳐 관심을 쏟고 관리를 해온 결과였다. 나는 반사적으로 눈을 치뜨면서 동의를 구한다는 뜻으로 아버지를 바라보았다. 그런데 놀랍게도 아버지는 내 눈길에 응하기는커녕 두 눈을 감아버리는 것이 아닌가. 가엾은 엘자는 몹시 딱한 상태에 놓여 있었다. 그녀는 오일을 뒤집어쓰고 있었다. 내가 보기에 아버지의 마음이 변하기까지 일주일도 채 걸리지 않을 것 같았다……. 안이 내게로 고개를 돌렸다.

"세실, 여기서는 왜 그렇게 일찍 일어나는 거니? 파리에서는 정오까지 침대에 있었잖아."

"그땐 공부가 있었잖아요. 공부 때문에 옴짝달싹 못 했는걸요." 내가 대답했다.

안은 웃지 않았다. 안은 자신이 웃고 싶을 때만 웃었다. 다른 사람들처럼 예의상 웃는 일은 결코 없었다.

"그런데 시험은?"

"망쳤죠! 완전히 망쳤어요!" 내가 씩씩하게 대답했다.

"10월에 있을 시험에는 반드시 합격해야 해."

"애가 왜 그래야 하죠? 내겐 대학 졸업장 따위는 없지만 아주 잘살고 있는데요." 아버지가 끼어들었다.

"당신한테는 처음부터 상당한 재산이 있었잖아요." 안이 상기

시켰다.

"내 딸은 자기를 잘살게 해줄 남자를 언제든 고를 수 있을 겁니다." 아버지가 위엄 있게 대답했다.

엘자가 소리 내어 웃기 시작했으나 우리 세 사람의 시선을 의식한 듯 이내 멈추었다.

"세실은 공부를 해야 해요. 이 휴가 동안 말이에요." 그렇게 말하고 안은 두 눈을 감아버림으로써 대화를 끝맺었다.

나는 아버지에게 절박한 시선을 보냈다. 아버지는 어색한 미소로 화답했다. 나는 철학자 앙리 베르그송의 책을 펼쳐놓고 앉아 있는 내 모습을 떠올렸다. 검은 글자들이 내 눈으로 달려들고 시릴의 웃음소리는 저 아래로 떨어져 내렸다……. 그 생각에 나는 몸서리쳤다. 무거운 걸음으로 누워 있는 안에게로 가서 나직한 목소리로 그녀를 불렀다. 그녀가 눈을 떴다. 나는 피로에 지친 지성인처럼 보이기 위해 두 뺨을 더 홀쭉하게 만들면서 불안하고 사정하는 듯한 표정으로 고개를 그녀 쪽으로 기울였다.

"안, 그러지 마요. 이 더위에 그런 걸 하라니요……. 이 휴가는 내게 몹시 유익한……."

그녀는 한순간 나를 지그시 바라보더니 이윽고 알쏭달쏭한 미소를 지으며 고개를 돌렸다.

"어쩔 수 없지만 난 네게 '그런 걸' 시켜야 해……. 네 말대로 이런 더위에도 말이다. 난 널 알아. 넌 이틀쯤 나를 원망하겠지만 결국 공부해서 시험에 합격할 거야."

"도저히 안 되는 일도 있잖아요." 내가 웃음기 없는 어조로 응수했다.

안은 재미있다는 듯한 오만한 눈길을 던졌다. 나는 불안한 마음으로 다시 모래에 누웠다. 엘자는 남프랑스 해안에서 열리는 축제에 대해 요란하게 떠들어댔다. 하지만 아버지는 그 말을 듣고 있지 않았다. 세 사람의 몸이 이루는 삼각형의 정점에서 아버지는 엎드려 있는 안의 옆얼굴과 어깨를 뚫어져라 바라보고 있었다. 내가 잘 아는 대담한 눈길이었다. 아버지는 모래 위에서 지치지도 않고 한쪽 손을 규칙적으로 펼쳤다 쥐었다 했다. 나는 바다를 향해 달려가 물속에 몸을 던지면서 우리가 누릴 수 있었을 휴가, 이제는 누리지 못할 휴가를 생각하며 신음을 내질렀다. 한 편의 드라마가 될 만한 온갖 요소가 있었다. 호색한, 반쯤 유흥업계에 속한 여자, 그리고 이지적인 여자. 나는 바닷속에서 분홍색과 푸른색이 섞인 아주 예쁜 조가비를 발견했다. 나는 물속으로 잠수해 그것을 주웠다. 그리고 점심 식사를 할 때까지 그 매끄럽게 닳은 조가비를 손에서 놓지 않았다. 나는 그것을 행운의 부적으로 삼기로 마음먹고 여름 내내 지니고 다니기로 했다. 내가 다른 것들은 모두 잃어버리는데 어째서 그것만큼은 잃어버리지 않았는지 이유를 모르겠다. 지금 내 손안에 있는 조가비, 체온으로 데워진 그 분홍색 조가비는 나를 울고 싶게 만든다.

4

그 후 며칠 동안 나를 가장 놀라게 한 것은 엘자에 대한 안의 극진한 친절이었다. 엘자가 평소처럼 늘어놓는 수많은 어리석은 말을 듣고도 안은 딱한 엘자를 웃음거리로 만들 수 있는 짤막한 논평하나 하지 않았다. 사실 안은 그런 짧은 언급을 하는 데 특별한 재능이 있었다. 나는 속으로 안의 인내심과 너그러움에 감탄했다. 그런 태도가 사실은 노련한 판단에서 나온 것임을 당시 나는 알지 못했다. 만약 안이 엘자를 비웃었다면 아버지는 그 심술궂은 장난에이내 싫증을 냈을 것이다. 하지만 지금 아버지는 안의 그런 태도에고마워하는 듯했고, 감사한 마음을 어떻게 표해야 할지 몰라 안절부절못했다. 사실 아버지가 안에게 따로 감사를 표해야 한다는 것도하나의 핑계에 불과했다. 그렇지 않아도 아버지는 안을 무척 존중받아 마땅한 사람으로, 자기 딸의 또 다른 어머니나 다름없는 사람으로 대하고 있었던 것이다. 그는 줄곧 이런 식으로 나를 안의 감독하에 두는 듯한 태도를 취하면서, 안에게도 현재의 내 상태에 어느 정도 책임이 있음을 환기시켰다. 그리하여 안과 우리 사이를 좀더 가깝게 만들려는 듯이, 그녀를 우리에게 좀더 긴밀하게 연결시키려는 듯이. 그러나 안을 대하는 아버지의 눈길과 몸짓에는 아직 잘 모르는 여자, 사귀고 싶은 여자—쾌락이라는 면에서—를 대하는 남자의 욕망이 비쳤다. 나는 그런 눈길을 때때로 시릴에게서 느꼈는데, 그럴 때면 도망치고 싶은 동시에 그를 도발하고 싶은 마음이 들었다. 이 점에서 나는 안보다 더 영향받기 쉬운 사람임에 분명했다. 안은 그런 아버지를 무심하고 차분하고 친절하게 대할 뿐이었고 그 사실은 나를 안심시켰다. 그래서 나는 그녀가 도착한 첫날 내가 오해했다고 믿기에 이르렀다. 오해할 여지 없는 그런 안의 다정함이 아버지를 더욱 흥분시키고 있었던 것을 나는 알지 못했다. 안의 침묵은 특히 호소력이 있었다……. 그녀의 침묵은 너무나도 자연스럽고 우아했다. 그 침묵은 엘자가 끊임없이 늘어놓는 수다와는 그늘과 뙤약볕처럼 대조적이었다. 가엾은 엘자……. 그녀는 정말이지 아무것도 눈치채지 못하고 있었다. 그녀는 소란스럽고 부산한 동시에 태양 때문에 싱싱한 아름다움이 바랜 상태였다.

하지만 어느 날 마침내 엘자도 안을 바라보는 아버지의 눈길을 포착하고 사태가 어떻게 돌아가는지 눈치챈 모양이었다. 나는 엘자가 점심 식사 전에 아버지의 귀에 무어라 소곤거리는 것을 보았다. 아버지는 한순간 깜짝 놀라며 그녀의 말에 반대하려는 듯했으나 이윽고 웃으면서 고개를 끄덕였다. 커피를 마신 다음 엘자는 자리에서 일어나더니 문 앞에 이르러서는, 미국 영화에서 영감이라도 받은 것처럼 나른한 태도로 우리를 향해 몸을 돌리며 말했다. 그녀의 어조에는 10년간 갈고닦은 프랑스식 애교가 담겨 있었다.

"당신도 갈래요, 레몽?"

아버지는 자리에서 일어나더니 얼굴을 붉힌 채 낮잠의 좋은
점을 나직하게 중얼거리며 엘자를 따라갔다. 안은 그 자리에서 꼼짝
도 하지 않았다. 그녀의 손끝에서 담배 연기가 피어올랐다. 나는 무
슨 말인가 해야 할 것 같았다.

"사람들은 낮잠을 자고 나면 피로가 풀린다고들 하는데, 내 생
각에는 꼭 그렇지만도 않은 것 같아요……."

내 말이 의도와는 다르게 해석될 수도 있음을 깨닫고 나는 즉
각 말을 멈추었다.

"제발 가만히 있어." 안이 건조하게 응수했다.

그녀는 내 말에 이중적 의미가 있다는 생각조차 하지 않았다.
내 말을 듣는 순간 고약한 농담이라고 여긴 게 분명했다. 나는 그녀
를 바라보았다. 그녀는 애써 차분하고 편안한 표정을 짓고 있었고,
나는 그런 그녀에게 감탄했다. 아마도 그 순간 안은 엘자를 지독하
게 질투하고 있었으리라. 그때 안을 위로해줄 수 있는 좀 냉소적인
생각 하나가 머릿속에 떠올랐다. 그 생각은 내 머릿속에서 나올 수
있는 냉소적인 생각들이 모두 그렇듯이 나를 유혹했다. 그 생각은
나에게 일종의 자신감, 나 자신과의 공모에서 오는 도취감을 주었다.
나는 그 생각을 입 밖에 내지 않을 수 없었다.

"엘자의 피부가 햇볕에 타서 벗겨진 것을 고려하면 저런 종류
의 낮잠이 두 사람 모두에게 그다지 달콤할 것 같진 않네요."

말을 하지 않는 편이 나았을 것이다.

"난 그런 품위 없는 말이 정말 싫어. 네 나이에 그런 말을 하는
건 어리석은 것보다 더 나빠. 정말 고약하다고." 안이 말했다.

나는 갑자기 짜증이 났다.

"웃자고 한 말인 거 알잖아요. 분명 두 사람은 아주 만족스러운 시간을 보내겠죠."

안은 내게로 지친 듯한 얼굴을 돌렸다. 나는 즉각 그녀에게 미안하다고 사과했다. 그녀는 다시 눈을 감더니 나직하고 참을성 있는 목소리로 말하기 시작했다.

"넌 사랑을 너무 단순한 걸로 생각해. 사랑이란 하나하나 동떨어진 감각의 연속이 아니란다……."

하지만 이제까지 내가 한 사랑은 모두 그런 것이 아니었던가. 어떤 얼굴, 어떤 몸짓, 어떤 입맞춤 앞에서 문득 솟구친 감정……. 일관된 맥락 없는, 무르익은 순간들이 내가 사랑에 대해 가진 기억의 전부였다.

"그건 다른 거야. 지속적인 애정, 다정함, 그리움이 있지……. 지금 너로서는 이해할 수 없겠지만." 안이 말했다.

안은 애매한 손짓을 하고는 신문을 집어 들었다. 나는 그녀가 내 둔한 감성에 체념한 듯한 그런 무관심에서 빠져나와 차라리 화를 내기를 바랐다. 나는 그녀의 말이 맞다고, 나는 주체적인 인간이 아니라 한 마리 짐승처럼 다른 사람들이 이끄는 대로 살아온 딱하고 나약한 존재라고 생각했다. 나는 그런 나 자신을 경멸했는데, 그런 감정에 익숙지 않았기 때문에 극도로 고통스러웠다. 그때까지는 좋게든 나쁘게든 그런 식으로 나를 판단해본 적이 없었던 것이다. 나는 방으로 올라가 생각에 잠겼다. 몸 아래 깔린 시트가 미지근했다. 귓가에 여전히 안의 목소리가 쟁쟁 울리는 것 같았다. "그건 다른 거야. 그리움이 있지." 내가 누군가를 그리워한 적이 한 번이라도 있었던가?

　그 보름 동안 어떤 일들이 일어났는지 이제 더 이상 기억나지 않는다. 앞서 말한 것처럼 당시 나는 행복을 위협하는 것이라면 그 무엇도 정확하게 보려고 하지 않았다. 물론 그 후의 휴가 기간에 대해서는 아주 또렷이 기억한다. 거기에 내 모든 관심을 기울이고, 내 모든 가능성을 걸었으니까. 하지만 그 이전의 삼 주, 요컨대 행복했던 그 삼 주에 대한 기억은……. 아버지가 안의 입술을 노골적으로 바라보던 날이 언제였던가. 농담인 척하면서 그녀의 무심함을 원망한 날이었던가? 아버지가 웃음기도 없이 안의 섬세함과 엘자의 우둔함을 비교한 날이었던가? 아버지와 안이 15년 전부터 아는 사이이고, 그들이 서로에게 사랑의 감정을 가질 거라면 진작 그랬어야 한다는 생각에 근거해 어리석게도 나는 안심하고 있었다. 그리고 '혹시 그런 일이 일어난다고 해도 아버지의 사랑은 잘해야 석 달 정도 지속되다가 끝날 테니까, 안은 아버지와의 사랑을 열정적이지만 좀 모욕적인 추억으로 간직하게 되겠지' 하고 나는 생각했다. 하지만 안이 그런 식으로 누군가에게 차일 여자가 아니라는 것을 내가 정말 몰랐을까? 그러나 당시 거기에는 시릴이 있었고, 그가 온통 내 머릿속을 차지했다. 시릴과 나는 저녁이면 종종 생트로페의 클럽에 가서 잦아드는 클라리넷 소리에 맞추어 춤을 추면서 서로에게 사랑의 말을 속삭였다. 그 말들은 하루만 지나도 내 기억에서 사라져버렸지만 그 밤만큼은 무척 감미로웠다. 낮에는 요트를 타고 해안을 돌았다. 아버지도 때때로 함께했다. 아버지는 시릴을 무척 높이 평가했다. 시릴이 크롤 경주에서 아버지에게 일부러 져준 다음부터는 특히 더 그랬다. 아버지는 시릴을 '귀여운 우리 시릴'이라고 불렀고, 시릴은 아버지를 '선생님'이라고 불렀다. 하지만 나로서는 두 사람 중에 누가 더 어른스러운지 알 수 없었다.

어느 날 오후 우리는 시릴이 묵고 있는 별장으로 가서 그의 어머니와 함께 차를 마셨다. 시릴의 어머니는 차분하고 미소를 잃지 않는 나이 지긋한 부인으로, 우리에게 남편을 먼저 떠나보낸 어려움, 자식 키우는 어려움을 토로했다. 아버지는 부인의 말에 공감을 표하고, 안에게 감사의 눈길을 보내고, 부인에게 여러 차례 칭찬을 건넸다. 아버지가 그곳에서 시간을 보내는 걸 결코 시간 낭비로 여기지 않았다는 말을 해두어야겠다. 안은 부드러운 미소를 지으며 그 광경을 바라보았다. 돌아오는 길에 안은 그 부인이 매력적이라고 말했다. 나는 그런 부류의 나이 든 부인들에 대한 못마땅함을 늘어놓았다. 아버지와 안은 내게 재미있다는 듯한 너그러운 미소를 보냈는데, 그 미소에 나는 몹시 화가 나서 소리쳤다.

"두 분은 그 부인이 자기만족에 빠져 있다는 걸 모르겠어요? 부인은 자신의 삶을 자축하고 있어요. 자신의 의무를 다했다고 생각하니까요. 게다가……."

"하지만 그건 사실이잖니. 그분은, 그러니까 흔한 표현으로 어머니로서, 아내로서 의무를 다했어." 안이 말했다.

"그럼 자신의 음탕한 욕구에 대한 의무를요?" 내가 물었다.

"난 천박한 말은 싫어. 재치 있는 농담이라도 말이야." 안이 말했다.

"농담으로 한 말이 아니에요. 그 부인은 다른 사람들과 마찬가지로 욕망 때문에, 혹은 관습에 따라 결혼했어요. 아이를 하나 낳았고요. 아이가 어떻게 생기는지는 안도 알잖아요."

"너보다는 잘 모를 것 같은데. 하지만 거기에 대해 아는 건 있지." 안이 비꼬았다.

"그리고 그 아이를 키웠어요. 부인은 바람을 피우지는 않았을 테니 그런 유의 불안이나 문제는 알지 못했겠죠. 그녀는 많은 여자들이 간 길을 따랐고 알다시피 그 사실을 자랑스러워하죠. 젊은 시절 중산층 아내이자 어머니가 되었고 그 상황에 안주해 거기서 벗어나려는 아무런 노력도 하지 않았어요. 그 부인은 이것도 하지 않고 저것도 하지 않았다는 걸, 뭔가를 성취하지 않았다는 걸 자랑스러워하고 있다고요."

"그게 무슨 문제가 되지는 않아." 아버지가 말했다.

"그건 새들이 거울로 된 덫 앞에서 자기 모습에 홀려 덫에 걸리는 것과도 같아요. 사람들은 나중에 이렇게 되뇌죠. '난 내 의무를 다했어.' 다시 말해서 아무것도 하지 않았으니까요. 만약 그녀가 그런 환경에서 태어났음에도 거리의 여자가 되었다면 인정할 수도 있겠죠." 내가 강한 어조로 말했다.

"요즘 유행하는 생각이구나. 하지만 그건 가치가 없어." 안이 말했다.

그녀의 말이 맞을지도 몰랐다. 나는 내 생각을 말했지만, 사실 그건 내 견해라기보다는 어딘가에서 들은 말이었다. 어쨌든 나의 삶, 아버지의 삶은 그런 생각에 근거를 두고 있는데, 안은 그것을 경멸함으로써 내게 상처를 주었다. 사람은 뭔가 대단한 가치에 목표를 둘 수도 있지만 경박한 가치에 집착할 수도 있다. 그런데 안은 나를 생각이 있는 사람으로 여기지 않았다. 그게 잘못임을 깨닫게 해주는 것이 갑자기 시급한 일로, 가장 중요한 일로 여겨졌다. 그러나 그 기회가 그렇게 빨리 찾아올 줄은, 그리고 내가 그 기회를 포착하게 될 줄은 그 당시에는 모르고 있었다. 게다가 그때에도 나는 내가 그 문제에 대해 한 달도 채 지나지 않아 다른 견해를 가지리라는 것, 지금은 신념처럼 보이는 그 생각이 지속되지 않는다는 것을 나 스스로 인정하지 않았던가. 이런 내가 어떻게 대단한 인물이 될 수 있었겠는가?

5

이윽고 어느 날 파국이 닥쳤다. 어느 아침 아버지는 모두 함께 칸에 가서 저녁나절을 보내기로, 춤추고 즐기기로 결정했다. 엘자가 기뻐하던 기억이 난다. 그녀는 익숙한 카지노 분위기에서 당시 우리가 누리던 반쯤 고립된 생활과 강한 햇볕에 손상된 팜파탈로서의 매력을 되찾을 수 있으리라고 여긴 듯했다. 안은 내 예상과는 달리 이런 세속적인 즐거움에 반대하지 않았다. 오히려 그 제안에 상당히 기뻐하는 듯했다. 그래서 나는 마음 놓고 저녁 식사가 끝나자마자 방으로 올라가 내가 가진 유일한 드레스로 갈아입었다. 아버지가 골라준 옷이었다. 이국적인 옷감으로 만든 그 옷은, 당연한 말이지만 내가 입기에는 지나치게 이국적이었다. 아버지는 취향이 그런 건지 습관 때문인지 일부러 나에게 팜 파탈처럼 보이는 옷을 입히고 싶어 했다. 아래층으로 내려간 나는 새 턱시도를 차려입은 멋진 아버지의 모습을 보고 그의 목에 한 팔을 둘렀다.

"아버지는 내가 아는 사람 중에서 제일 멋진 남자야."

"시릴만 빼고 말이지." 실제로는 그렇게 믿지도 않으면서 아버지가 말했다. "넌 내가 아는 여자 중에서 가장 예쁘단다."

"엘자와 안만 빼고 말이지." 나 역시 그렇게 믿지 않으면서 답했다.

"그 두 사람이 여기 없고 우리를 기다리게 하니 말인데, 이리 오렴. 관절염을 앓는 늙은 아버지와 춤 좀 추자."

나는 지난날 우리가 함께 외출하기 전에 느끼곤 하던 그 유쾌한 기분을 다시 느꼈다. 아버지는 정말 노화와는 거리가 멀었다. 춤을 추는 동안 나는 아버지가 늘 사용하는 오드콜로뉴 향수와 몸의 열기와 담배 냄새를 맡았다. 아버지는 반쯤 눈을 감고 입가에는 나처럼 억제할 수 없는 행복한 미소를 띤 채 절도 있게 춤을 추었다.

"빠른 템포의 비밥을 어떻게 추는지 네가 가르쳐줘야겠다." 아버지가 말했다. 조금 전 관절염에 관한 농담은 잊어버린 모양이었다.

엘자가 내려오자 아버지는 춤을 추다 말고 기계적으로 찬사를 늘어놓으며 그녀를 맞았다. 엘자는 초록색 드레스를 입고 입가에는 카지노에 갈 때면 언제나 짓곤 하는, 달관한 듯한 사교계의 미소를 띤 채 천천히 층계를 내려왔다. 그녀는 햇볕에 탄 피부와 바스러질 듯 건조해진 머리카락을 최대한 매만져 한껏 꾸미고 있었는데, 그 모습이 눈부시다기보다는 노력이 가상해 보였다. 다행히 그녀 자신은 그 사실을 깨닫지 못한 것 같았다.

"그럼 출발할까요?"

"안이 아직 안 내려왔어요." 내가 말했다.

"올라가서 안이 준비를 마쳤는지 알아보고 오렴. 이러다간 칸에 자정에야 도착하게 될 거야." 아버지가 말했다.

나는 거추장스러운 드레스 때문에 거북한 걸음으로 층계를 올라가 방문을 두드렸다. 안이 들어오라고 외치는 소리가 들렸다. 나는 방으로 들어서려다 문턱에서 걸음을 멈추었다. 안은 회색 드레스를 입고 있었다. 거의 하얀색에 가까운 그 특별한 회색 드레스는 마치 새벽녘의 바닷빛 같은 빛을 품고 있었다. 그날 밤 그녀의 모습에는 성숙한 여인의 매력이 한데 모여 있었다.

"정말 멋져요! 오, 안, 정말 굉장한 드레스예요!" 내가 외쳤다.

안은 거울 앞에서 마치 이별을 고하려는 누군가에게 보내는 듯한 미소를 지었다.

"이 회색은 성공이군." 그녀가 말했다.

"드레스가 아니라 '안'이 성공이에요." 내가 말했다.

안은 내 한쪽 귀를 잡아당기며 나를 바라보았다. 그녀의 눈은 검푸른색이었다. 나는 그 두 눈이 미소로 밝아지는 것을 보았다.

"넌 착한 아이야. 때때로 사람을 짜증나게 하지만."

그녀는 내 드레스에 아무 관심도 보이지 않은 채 내 앞을 지나 방을 나갔다. 나는 안도감을 느끼는 동시에 자존심이 상했다. 안이 앞서 계단을 내려갔다. 나는 아버지가 그녀를 맞기 위해 다가오는 것을 보았다. 아버지는 첫 번째 계단에 한 발을 올린 채 안을 향해 얼굴을 들었다. 엘자 역시 안이 내려오는 것을 보고 있었다. 지금도 그 장면이 정확히 기억난다. 우선 내 바로 앞에 안의 황금빛 목덜미와 완벽한 어깨가 있었고, 조금 아래쪽으로는 아버지의 홀린 듯한 얼굴과 내민 손이 있었으며, 그 뒤에는 그때 이미 멀어져가던 엘자의 실루엣이 보였다.

"안, 당신 정말 아름답군요." 아버지가 말했다.

안은 아버지에게 미소를 지어 보이며 그를 지나쳐 외투를 집어 들었다.

"거기 도착해서 만나요. 세실, 내 차로 갈래?"

안은 내가 운전할 수 있도록 해주었다. 그 길은 밤에 몹시 아름다웠으므로 나는 천천히 차를 몰았다. 안은 입을 다물고 있었다. 심지어 라디오에서 흘러나오는 요란한 트럼펫 소리도 의식하지 못하는 것 같았다. 아버지의 카브리올레가 커브 길에서 우리 차를 추월했을 때에도 그녀는 눈썹 하나 까딱하지 않았다. 그때 나는 이미 내가 개입할 수 없는 연극이 내 앞에서 펼쳐지고 있음을 느꼈다.

우리가 카지노에 도착한 지 얼마 되지 않아 아버지는 의도적으로 전략을 써서 안과 단둘이 자취를 감추었다. 나는 바에서 엘자, 엘자의 지인인 어떤 여자, 그리고 반쯤 취한 남미 남자와 어울렸다. 그 남미 남자는 연극업계 종사자로, 상당히 취한 상태였음에도 연극에 대한 열정을 토로해서 나를 즐겁게 해주었다. 나는 그와 기분 좋게 거의 한 시간을 보냈으나 엘자는 좀 지루한 것 같았다. 그녀는 유명한 연극배우를 한두 명 알고 있긴 했지만, 연극 자체의 전문적인 면에는 관심이 없었다. 어느 순간 엘자가 불쑥 아버지가 어디 있느냐고 물었다. 마치 내가 당연히 알고 있으리라는 듯이. 그러더니 그녀는 자리를 떴다. 남미 남자는 잠깐 서운해하는 듯했으나 다시 위스키를 마시며 활기를 되찾았다. 나는 아무 생각도 하지 않은 채 술잔을 들어 올리는 그에게 예의상 맞장구를 쳐주면서 완벽한 행복감에 젖어 있었다. 그가 나와 춤을 추고 싶어 하자 사태는 더욱더 재미있어졌다. 나는 두 팔로 그의 허리춤을 붙잡아주고 그의 발에 밟힌 내 발을 끌어내야 했는데, 몹시 힘이 들었다. 우리가 어찌나 정신없이 웃었던지, 엘자가 무슨 불길한 기운이라도 감지한 듯한 표정을 지으며 내 어깨를 두드렸을 때 하마터면 나는 그녀에게 날 좀 내버려두라고 말할 뻔했다.

"네 아버지를 찾을 수가 없어." 엘자가 말했다.

그녀는 완전히 넋 나간 표정을 짓고 있었다. 화장이 벗겨져서 얼굴이 온통 번들거렸고 초췌해 보였다. 정말 딱하기 짝이 없는 모습이었다. 나는 갑자기 아버지에게 몹시 화가 났다. 이런 말도 안 되는 무례를 저지르다니.

"아! 두 사람이 어디 있는지 내가 알아요. 금방 다녀올게요." 나는 그것이 아주 자연스러운 일이고 엘자가 불안해할 필요가 전혀 없다는 듯 웃으면서 말했다.

내가 받치고 있던 손을 떼자 남미 남자는 엘자의 품으로 쓰러졌고, 그렇게 된 데에 만족한 듯했다. 나는 엘자가 나보다 훨씬 풍만하다고, 그 남자가 엘자의 품을 더 좋아한다고 해서 그녀를 원망할 수는 없다고 씁쓸하게 생각했다. 카지노는 무척 넓었다. 그곳을 두 차례 돌았지만 아버지와 안을 발견할 수 없었다. 나는 테라스까지 가본 다음에야 마침내 자동차에 생각이 미쳤다.

주차장에서 아버지의 차를 발견하는 데는 그리 오래 걸리지 않았다. 두 사람은 거기 있었다. 나는 뒤쪽에서 다가갔으므로 차 안의 뒷거울을 통해 차 안에 앉아 있는 두 사람의 모습을 볼 수 있었다. 아주 가깝게 마주 보고 있는 두 사람의 옆얼굴에는 무척 진지한 표정이 떠올라 있었다. 가로등 불빛을 받은 두 사람의 얼굴은 신비로울 정도로 아름다웠다. 그들은 서로를 바라보며 낮은 목소리로 이야기하고 있는 듯했다. 그들의 입술이 움직이는 것이 보였다. 나는 발

길을 돌려 그 자리를 뜨고 싶었지만, 엘자를 생각하고 차로 다가가
문을 열었다.

아버지는 한 손을 안의 팔 위에 올려놓고 있었다. 그들은 나를
보는 둥 마는 둥 했다.

"즐겁게 보내고 있나요?" 내가 예의 바르게 물었다.

"무슨 일이니? 네가 여기 웬일이냐?" 아버지가 짜증 섞인 어조
로 물었다.

"그러는 아버지는? 엘자가 한 시간 전부터 아버지를 찾아 안
돌아다닌 데가 없어."

안은 유감이라는 듯 천천히 내게로 고개를 돌렸다.

"우리는 지금 돌아갈 거야. 엘자에게 내가 몹시 피곤해서 네
아버지가 날 데려다주러 갔다고 해. 엘자와 너는 실컷 놀다가 내 차
로 돌아오면 돼."

나는 너무나 화가 나 몸이 떨렸다. 더는 할 말도 떠오르지 않
았다.

"실컷 놀라니요! 당신은 지금 상황이 어떤지 모르겠어요? 정말
역겨워요!"

"뭐가 역겹단 말이니?" 아버지가 놀라서 물었다.

"아버지는 햇볕에 아주 약한 빨간 머리 아가씨를 뜨거운 태양
이 내리쬐는 해변으로 데려왔어. 강한 햇볕에 피부가 벗겨져 모습이
흉해지자 아버지는 그 여잘 버리지. 그거 참 쉽네! 도대체 내가 엘자
에게 가서 뭐라고 말해야 돼?"

안은 지친 기색으로 아버지 쪽으로 몸을 돌렸다. 아버지는 안
에게 웃어 보이며 내 말을 귀담아듣지 않았다. 나는 머리끝까지 화

가 났다.

"난…… 난 이제 엘자에게 가서 이렇게 말할래. 우리 아버지가 함께 자고 싶은 다른 여자를 찾아냈다고. 그러니 다음에 들르라고. 그럼 되지?"

안이 내 뺨을 때린 것과 동시에 아버지가 앗 하고 소리를 질렀다. 나는 황급히 차 밖으로 고개를 뺐다. 뺨이 아팠다.

"사과해." 아버지가 말했다.

머릿속에 온갖 생각의 소용돌이가 몰아치는 가운데 나는 차 문 옆에 서서 움직이지 않았다. 품위 있게 행동해야 한다는 생각은 왜 언제나 너무 늦게야 머릿속에 떠오르는 것일까.

"이리로 오렴." 안이 말했다.

안의 태도가 위협적이지 않았으므로 나는 그녀에게 다가갔다. 그녀가 내 뺨에 한 손을 대고는 천천히 부드럽게 말했다. 마치 내가 좀 모자라는 사람이기라도 한 것처럼.

"고약하게 굴지 마라. 엘자에게는 나도 미안하게 생각해. 하지만 넌 사려 깊은 아이니까 충분히 이 일을 잘 처리할 수 있을 거야. 내일 우리가 자세한 내용을 설명할게. 내가 때린 거 아팠니?"

"그럴 리가요." 내가 온순하게 대답했다.

안의 돌연한 부드러운 태도, 내가 조금 전에 보인 격한 반응 때문에 나는 울고 싶은 기분이었다. 나는 아버지와 안이 탄 자동차가 떠나는 것을 바라보았다. 내가 완전히 텅 비워지는 것 같은 느낌이었다. 유일한 위로는 내가 사려 깊은 사람이라는 말뿐이었다. 나는 천천히 걸어서 카지노 건물 안으로 돌아왔다. 남미 남자가 엘자의 팔에 매달려 있었다.

"안이 아프대요. 아빠가 할 수 없이 그녀를 데려다주러 갔어요. 우리 뭘 좀 마실래요?"내가 가벼운 어조로 말했다.

엘자는 내 질문에 대답하지 않고 나를 바라보았다. 나는 설득력 있게 설명하려고 애썼다.

"안이 구토를 했대요. 아주 심하게요. 드레스가 온통 엉망이 됐어요."

이런 세세한 설명이 내게는 그럴싸해 보였다. 하지만 엘자는 나직하고 서글프게 울기 시작했다. 나는 어쩔 줄 모르고 그런 그녀를 바라보았다.

"세실, 오, 세실, 우리는 참 행복했는데……."엘자가 울먹였다.

흐느낌이 더 심해졌다. 남미 남자 역시 그녀의 말을 반복하며 울기 시작했다. "우리는 참 행복했는데, 참 행복했는데."그 순간 나는 안과 아버지가 너무 미웠다. 가엾은 엘자의 울음을 그치게 할 수 있다면, 그녀의 마스카라가 눈물에 번지는 것을 막을 수 있다면, 그 남미 남자가 따라 흐느끼는 것을 막을 수만 있다면 나는 무슨 일이든 다 했을 것이다.

"아직 끝난 게 아니에요, 엘자. 나와 함께 돌아가요."

"조만간 내 짐을 가지러 들를게. 잘 있어, 세실. 우리는 참 잘 통했는데."그녀가 흐느끼듯 말했다.

그동안 내가 엘자와 나눈 대화는 고작 날씨나 패션 이야기뿐이었지만, 그럼에도 나는 오랜 친구를 잃은 것 같은 느낌이 들었다. 나는 획 몸을 돌려 차가 있는 곳을 향해 달리기 시작했다.

6

다음 날 아침은 무척 고통스러웠다. 당연히 간밤에 마신 위스키 탓이었다. 나는 침대에 사선으로 누운 자세로 어둠 속에서 잠에서 깼다. 입안은 텁텁하고 거북했고 팔다리는 견디기 힘들 정도로 땀에 흠뻑 젖어 있었다. 덧문 틈 사이로 새어 들어오는 햇빛 한 줄기에 먼지가 좁은 열을 지으며 뽀얗게 날아다니는 것이 보였다. 나는 일어나고 싶지도, 그렇다고 침대에 그대로 누워 있고 싶지도 않았다. 오늘 아침 엘자가 돌아올지, 안과 아버지가 어떤 얼굴을 할지 궁금했다. 자리에서 일어나기 위해 일부러 안과 아버지에 대한 생각을 떠올리려고 했으나 별로 효과가 없었다. 마침내 나는 어릿어릿한 머리에 비척거리는 몸으로 일어나 차가운 타일 바닥에 맨발을 디뎠다. 거울 속 내 모습은 엉망이었다. 나는 거울에 기대어 섰다. 부어오른 눈두덩, 부풀어 오른 입술, 이 낯선 얼굴, 내 얼굴…… 이런 입술, 이렇게 엉망이 된 얼굴, 이 흉하고 제멋대로인 육체적 한계 때문에 나는 나약하고 비겁해질 수 있었던 것일까? 하지만 내가 정말 모자라는 인간이라면, 어째서 그런 나 자신의 모습과는 상반되게 이토록 명료하게 그 사실을 인식하는 것일까? 나 자신을 혐오하는 것, 폭음의 밤을 보낸 대가로 움푹 팬 늑대 같은 내 얼굴을 증오하는 것은 재미있었다. 나는 폭음이라는 단어를 들릴 듯 말 듯 한 소리로 되뇌면서 거울 속의 내 눈을 들여다보았다. 한순간 얼굴에 미소가 피어올랐다. 정말이지 대단한 폭음의 밤이었다. 울적한 마음으로 술을 여러 잔 마셨고 뺨 한 대를 맞았고 흐느끼는 것을 지켜보지 않았던가. 나는 이를 닦고 아래층으로 내려갔다.

아버지와 안은 이미 테라스에 나와 아침 식사 쟁반을 앞에 놓고 나란히 앉아 있었다. 나는 나직하게 인사말을 던지고 두 사람 앞에 앉았다. 어색함 때문에 차마 두 사람을 똑바로 쳐다볼 수가 없었다. 두 사람이 줄곧 침묵을 깨지 않았으므로 이윽고 나는 눈길을 들지 않을 수 없었다. 안의 표정은 긴장되어 있었다. 두 사람이 사랑의 밤을 보냈다는 표시는 그뿐이었다. 그들은 행복한 모습으로 둘 다 미소 짓고 있었다. 그 점이 인상 깊었다. 행복은 내게 언제나 인정하지 않을 수 없는 것, 하나의 성공처럼 보였다.

"잘 잤니?" 아버지가 물었다.

"그런대로. 어젯밤 위스키를 너무 많이 마셨나 봐." 내가 대답했다.

나는 커피 한 잔을 따라서 맛보고는 얼른 잔을 내려놓았다. 그들의 침묵 속에는 어떤 기다림, 중요하고 기대감을 품게 하는 뭔가가 자리 잡고 있었고, 그것이 나를 불편하게 만들었다. 그리고 그런 불편함을 오래 참고 있기에 나는 너무 피곤했다.

"무슨 일이에요? 분위기가 묘하네요."

아버지는 태연해 보이기를 바라는 듯 아무렇지도 않은 몸짓으로 담배에 불을 붙였다. 안이 나를 바라보았는데, 이번만큼은 분명히 당혹스러운 듯했다.

"네게 묻고 싶은 게 있어." 마침내 안이 말을 꺼냈다.

나는 최악의 경우를 예상했다.

"엘자에게 가서 또 무슨 말인가를 전하라는 건가요?"

안은 내게서 고개를 돌리고 아버지를 바라보았다.

"네 아버지와 나, 우리 두 사람은 결혼했으면 해."

나는 그녀를 뚫어져라 바라보다가 아버지에게로 시선을 옮겼다. 한순간 나는 아버지가 나를 화나게 하는 동시에 안심시켜줄 윙크나 신호 같은 것을 보내주기를 기다렸다. 하지만 아버지는 자기 손을 내려다볼 뿐이었다. 나는 생각했다. '이건 말도 안 되는 일이야.' 하지만 그때 이미 나는 그게 사실임을 알고 있었다.

"그거 정말 좋은 생각이네요." 시간을 벌기 위해 나는 되는대로 말했다.

나는 도저히 이해할 수 없었다. 결혼에, 속박에 그토록 완강히 반대하던 아버지가 하룻밤 만에 그런 결정을 내리다니……. 아버지의 결혼은 우리의 삶을 완전히 바꿔놓을 터였다. 우리는 독립성을 잃게 되리라. 우리 세 사람의 삶이 눈앞에 떠올랐다. 안의 교양과 지성으로 갑자기 확실한 균형이 잡히는 삶, 내가 안에 대해 부러워했던 그런 삶. 지적이고 세련된 친구들, 행복하고 평온한 모임들……. 그러자 문득 시끌벅적한 저녁 식사, 남미 남자 같은 사람들, 엘자 같은 이들에 대한 경멸이 치밀었다. 내 안에서 우월감과 자부심이 솟구쳤다.

"아주 좋은 생각이에요." 나는 거듭해서 말하고 두 사람에게 미소를 지어 보였다.

"귀염둥이 내 딸, 네가 좋아할 줄 알았어." 아버지가 말했다.

아버지는 긴장이 풀려 즐거워 보였다. 사랑을 나눈 뒤의 기분 좋은 피로감이 엿보이는 안의 얼굴은 내가 그때까지 보았던 그 어떤 얼굴보다도 부드럽고 다가가기 쉬워 보였다.

"이리 오렴, 내 귀염둥이 고양이." 아버지가 말했다.

아버지는 두 손을 내밀어 나를 자신과 안 쪽으로 끌어당겼다. 나는 그 두 사람 앞에서 반쯤 무릎을 꿇어앉았고, 그들은 자애로운 감정을 담뿍 담은 시선으로 나를 바라보며 내 머리를 쓰다듬었다. 하지만 내 머릿속에는 내 삶의 방향이 아마도 그 순간부터 바뀐다는 것, 그들에게 나는 귀염둥이 고양이, 사랑스러운 작은 동물에 불과하다는 생각뿐이었다. 함께한 과거와, 함께할 미래로 하나가 된 두 사람, 내가 모르는 연대감으로 결합된 두 사람이 나를 내려다보고 있는 것이 느껴졌다. 하지만 그 연대감이 나 자신을 붙잡아주지는 못했다. 나는 일부러 두 눈을 감고 머리를 그들의 무릎에 기댄 채 다시 내 역할에 충실하기로 마음먹고 그들과 함께 웃음을 터뜨렸다. 사실 그때 나는 행복하지 않았던가? 안은 비열하거나 치사한 구석이라고는 찾아볼 수 없는 좋은 사람이었다. 그녀는 나를 이끌어주고 내 삶의 어려움을 덜어주고 어떤 상황에서도 나아가야 할 길을 제시해줄 터였다. 나는 성숙한 인간이 되고 그런 나와 더불어 아버지도 성숙한 인간이 되리라.

아버지가 일어나 샴페인을 가지러 갔다. 나는 구역질이 났다. 아버지는 행복했다. 중요한 건 그 사실이었다. 하지만 나는 아버지가 여자 때문에 행복해하는 걸 얼마나 자주 보았던가…….

"사실 네 반응이 어떨지 좀 걱정스러웠어." 안이 말했다.

"어째서요?" 내가 물었다.

그 말을 듣자 내가 반대했다면 두 사람의 결혼을 막을 수도 있었으리라는 느낌이 들었다.

"네가 나를 겁내지 않나 좀 걱정스러웠거든." 안은 웃기 시작했다.

나 역시 웃기 시작했다. 실제로 나는 그녀를 좀 겁내고 있었다. 안의 말에는 그녀가 그 사실을 알고 있다는 것, 그리고 자신을 겁낼 필요가 없다는 의미가 동시에 들어 있었다.

"좀 우스꽝스럽지 않니? 다 늙은 사람들끼리 결혼한다는 것 말이야."

"두 분은 노인이 아닌걸요." 나는 그 상황에서 필요한 확신을 담아 말했다. 왜냐하면 아버지가 술병을 안고 왈츠 스텝을 밟으며 돌아오고 있었던 것이다.

아버지는 안 옆에 앉아 그녀의 어깨에 한 팔을 둘렀다. 그녀는 아버지에게 몸을 기울였는데, 그 모습을 보고 나는 눈을 내리깔아야 했다. 안이 아버지와 결혼하려는 것은 물론 그 때문이었다. 아버지의 웃음, 단단하고 믿음직한 그 팔, 아버지의 활력, 아버지의 따스함 때문이었다. 마흔 살, 고독에 대한 두려움, 그리고 어쩌면 마지막일지도 모를 성적 충동……. 나는 안을 한 사람의 여자로 생각해본 적이 없었다. 그저 추상적인 개체로 생각했을 뿐이다. 나는 그녀에게서 자신감과 우아함, 지성을 보았을 뿐 성적 매력이나 연약함 같은 것은 보지 못했다……. 나는 아버지의 자부심을 이해할 수 있었다. 오만하고 고고한 안 라르센이 그와 결혼하는 것이다. 아버지는 그녀를 사랑하는 걸까? 계속해서 그녀를 사랑할 수 있을까? 안에 대한 사랑과 엘자에 대한 사랑에는 어떤 차이가 있을까? 나는 두 눈을 감았다. 햇빛 때문에 머리가 몽롱했다. 테라스의 우리 세 사람은 망설임과 은밀한 우려와 행복으로 가득 차 있었다.

엘자는 며칠 동안 별장으로 돌아오지 않았다. 한 주가 빠르게 흘러갔다. 유일하게 행복하고 유쾌한 7일. 우리는 가구를 새로 들인다거나 시간표를 짠다거나 하는 복잡한 계획을 세웠다. 그런 것을 한 번도 해본 적이 없는 사람들이 그렇듯 아버지와 나는 무모하게도 빡빡하고 실행하기 어려운 계획을 짜면서 즐거워했다. 우리가 그런 계획을 실제로 실행할 것이라고 믿기나 했던가? 매일 낮 12시 반 같은 장소로 가서 점심을 먹고, 집에서 저녁 식사를 하고, 그런 다음 외출하지 않고 집에 머물러 있는 것이 정말 가능하다고 아버지는 믿었을까? 하지만 아버지는 자유분방한 생활을 가볍게 포기하고 질서로, 품위 있고 체계적인 중산층의 생활로 들어가는 것을 격찬했다. 물론 그 모든 것은 나에게 그랬듯이 아버지에게도 공중누각에 지나지 않음이 분명했다.

나는 이 한 주를 하나의 추억으로 간직하고 있고, 요즘도 나자신을 시험하기 위해 이때의 기억으로 파고드는 걸 즐긴다. 안은 편안하고 자신 있고 다정했고, 아버지는 그녀를 사랑했다. 나는 매일 아침 두 사람이 서로 어깨를 기대고 아래층으로 내려와 눈언저리가 검게 그늘진 채 함께 웃는 것을 보았다. 정말이지 나는 그런 날이 평생 지속되기를 바랐다. 저녁이면 우리는 종종 해변으로 내려가 카페 테라스에서 식전주를 마셨다. 우리가 가는 곳마다 사람들은 우리를 정상적이고 화목한 일가족으로 대했다. 아버지와 단둘이 외출할 때 쏟아지는 심술궂은 눈길이나 동정 어린 시선, 비웃음에 익숙하던 나로서는 나이에 걸맞은 역할로 돌아가게 되어 기뻤다. 두 사람의 결혼식은 휴가가 끝난 후 파리에서 치르기로 되어 있었다.

가엾은 시릴은 우리 가족 내부의 이런 변화를 당혹스러워하는 듯했다. 하지만 그는 이 합리적인 결말에 기뻐했다. 우리는 함께 요트를 탔고, 욕망이 이끄는 대로 서로 껴안았다. 때때로 그가 내 입술에 자신의 입술을 대고 있을 때면 나는 안의 얼굴을, 그날 아침 가볍게 해쓱해진 그녀의 얼굴을 떠올렸다. 사랑이 그녀의 몸짓에 더해준 행복한 나른함과 느릿함을 눈앞에 떠올리고 그녀를 질투했다. 키스만으로는 싫증이 나게 마련이다. 시릴이 나를 덜 사랑했다면 나는 틀림없이 그 주에 그의 애인이 되었을 터이다.

6시가 되면 시릴은 섬들을 돌고 와서 모래 위로 요트를 끌어올렸다. 우리는 소나무 숲을 통해 별장으로 돌아오면서 몸을 따뜻하게 하기 위해 인디언 놀이나 핸디캡 경주[1]를 했다. 내가 앞서 달렸어도 시릴은 별장에 도착하기 전에 어김없이 나를 붙잡아서는 승리의 고함을 지르며 내 몸을 덮쳤다. 그는 내 몸을 솔잎 위에 내동댕이치고 꼼짝도 못 하게 한 다음 입맞춤을 퍼부었다. 아직도 기억난다. 그 숨막힐 듯한 서툰 키스의 맛, 모래 위에서 부서지는 파도 소리, 그 소리와 겹쳐 들려오던 내 가슴에 밀착된 시릴의 심장박동 소리……. 하나, 둘, 셋, 넷 심장이 뛰고, 모래 위로 나직하게 파도가 치고, 하나,

---

[1] 경마에서 출전하는 모든 말에게 동등한 우승 기회를 주기 위해 강한 쪽과 약한 쪽에 처음부터 차등을 두어 하는 경주.

둘, 셋…… 다시 하나, 시릴이 숨을 몰아쉬었다. 그의 키스가 정교하고 강렬해지자 더 이상 파도 소리가 들리지 않았다. 귀에 들리는 것이라고는 빠르게 뛰는 내 맥박 소리뿐이었다.

어느 날 저녁 안의 목소리가 그런 우리 둘을 떼어놓았다. 시릴은 내게 몸을 맞대고 길게 누워 있었다. 석양 무렵의 그림자와 불그스름한 빛살 한가운데서 우리는 거의 옷을 벗고 있었다. 그런 모습이 안이 착각하도록 했던 것 같다. 그녀가 단호하게 내 이름을 불렀다.

시릴은 당연히 부끄러워하며 튕기듯 몸을 일으켰다. 이어 내가 그보다 천천히 일어나며 안을 바라보았다. 안은 시릴에게 고개를 돌리고는 마치 그제야 그의 존재를 감지했다는 듯 나직하게 말했다.

"그쪽과는 더 이상 마주치지 않았으면 좋겠네요." 그녀가 말했다.

시릴은 대답하지 않고 내게 몸을 기울이더니 어깨에 입을 맞추고 자리를 떴다. 그 행동은 나를 놀라게 했고, 마치 약속의 의미라도 담고 있는 듯 감동시켰다. 안은 무슨 다른 것을 생각하는 듯 심각하고 냉담하게 나를 똑바로 응시했다. 그 시선이 나를 짜증나게 했다. 혹시 그녀가 다르게 생각했었다고 해도 시릴에게 그렇게 말한 것은 잘못이었다. 나는 순수하게 예의 차원에서 민망해하는 태도를 취하며 안에게 다가갔다. 그녀는 기계적인 동작으로 내 목에서 솔잎 하나를 떼어낸 다음 나를 찬찬히 살펴보았다. 안의 아름다운 얼굴에 특유의 경멸 어린 표정이 떠올랐다. 안을 유난히 아름다워 보이게 하면서 내게는 약간 공포감을 불러일으키는, 마뜩잖고 싫증 난다는 듯한 얼굴이었다.

"이런 종류의 심심풀이 놀이가 대부분 병원에서 끝난다는 걸 알아야 해." 그녀가 말했다.

그녀는 선 채로 이야기하면서 내 눈을 똑바로 응시했다. 나는 지독히 불편했다. 안은 움직이지 않고 똑바로 서서 이야기하는 그런 사람들 중 하나였다. 나는 이야기를 하려면 안락의자, 붙잡을 만한 물건, 담배 한 개비, 다리 흔들기, 다리가 흔들리는 걸 바라보기 같은 것이 필요했다…….

"이 일을 과장해서 생각할 필요 없어요. 난 시릴과 그저 입맞춤을 했을 뿐이라고요. 그런 일로 병원에 갈 일이 생기지는 않잖아요……." 내가 웃으면서 말했다.

"부탁인데 그 청년을 더 이상 만나지 않았으면 좋겠어. 이 말에 토 달지 마. 넌 열일곱 살이고, 난 현재의 네 상태에 대해 어느 정도 책임이 있어. 네가 네 삶을 망치게 두고 볼 순 없어. 게다가 네겐 해야 할 공부가 있잖아. 공부만 해도 오후 시간이 모자랄 거야." 내 말을 믿지 않는 기색으로 안이 말했다.

그녀는 등을 돌리더니 침착한 걸음으로 별장을 향해 걷기 시작했다. 나는 망연자실한 채 그 자리에서 못 박힌 듯 움직일 수 없었다. 안의 말은 진심이었다. 내 논리, 내 부인에 그녀는 경멸보다 더 지독한 형태의 무관심으로 대응했다. 마치 내 존재가 없는 것처럼, 그녀가 줄곧 알아왔던 나 세실이 아니라 진압해야 할 그 무엇에 지나지 않는 것처럼, 그녀가 그런 식으로 처벌해 마땅한 대상인 것처럼. 내게 남은 희망은 아버지뿐이었다. 아버지는 평소처럼 반응할 터였다. '그 청년은 어떤 사람이니, 내 귀염둥이? 어쨌든 잘생겼고 건강할 테지? 비열한 녀석들을 조심해라, 내 딸아.' 아버지는 이런 식으로 나와야 했다. 그렇지 않으면 내 휴가는 끝장이었다.

저녁 식사 시간은 악몽이었다. 안은 나한테 이렇게 말하지 않았다. '네 아버지에게는 아무 말도 하지 않겠어. 난 일러바치기나 하는 사람이 아니거든. 하지만 앞으로 공부를 열심히 하겠다고 약속해줘야겠다.' 그녀는 이런 종류의 협상에 익숙지 않았다. 나는 그런 그녀가 고마운 동시에 원망스러웠다. 안이 그런 사람이었다면 나는 그녀를 경멸할 수 있었을 테니까. 하지만 안은 사람들이 흔히 하는 그런 잘못은 하지 않았다. 안이 그 사건을 입에 올린 건 수프를 먹고 난 다음이었다.

"당신 딸에게 진지하게 충고 좀 해주었으면 해요, 레몽. 오늘 저녁 세실은 소나무 숲에서 시릴과 함께 있더군요. 두 사람은 무척 가까운 사이 같았어요."

아버지는 딱하게도 이 말을 농담으로 받아들이려고 애썼다.

"무슨 얘기예요? 애들이 뭘 하고 있었는데 그래요?"

"시릴과 키스했어. 안이 그걸 오해해서⋯⋯." 내가 목소리를 높여 힘주어 말했다.

"난 아무것도 오해하지 않았다." 안이 내 말허리를 잘랐다. "다만 세실은 당분간 그 청년을 만나지 말고 철학 공부를 좀 하는 게 좋겠어요."

"가엾은 내 딸⋯⋯. 그런데 시릴은 어쨌든 좋은 청년 아니니?" 아버지가 말했다.

"세실 역시 좋은 아가씨죠. 바로 그렇기 때문에 세실에게 무슨 일이라도 생긴다면 난 무척 가슴이 아플 거예요. 세실이 여기서 누리는 완벽한 자유를 고려해보건대 그 청년과 줄곧 어울리고 또 둘은 달리 할 일이 없으니 사고가 일어나는 건 시간문제라고요. 안 그래요?" 안이 말했다.

이 "안 그래요?"라는 말에 나는 눈길을 들었다. 아버지가 무척 곤란해하며 눈을 내리까는 것이 보였다.

"물론 당신 말이 맞아요. 그래, 어쨌든 넌 공부 좀 해야 해, 세실. 어쨌든 너도 이번 철학 시험에서 떨어져 재시험을 치르고 싶지는 않잖니?" 아버지가 물었다.

"그래서 어쩌라는 거야?" 내가 짤막하게 대답했다.

아버지는 나를 바라보고는 얼른 눈길을 돌렸다. 나는 혼란스러웠다. 아버지와 나의 삶이 즐거울 수 있었고, 우리가 여러 가지 이유를 들어 스스로를 방어하지 않아도 되었던 것은 서로를 무심한 태평함으로 대해서가 아니었던가.

안이 식탁을 가로질러 내 손을 잡으면서 말했다. "자, 이제 네 정체성을 숲의 소녀에서 모범적인 학생으로 바꾸는 거야. 한 달 동안만 말이야. 그건 그렇게 힘든 일이 아니잖니?"

그녀가 나를 바라보고 있었고, 아버지 역시 웃음 띤 얼굴로 나를 보고 있었다. 그런 상황에서 언쟁을 벌여봤자 결과는 뻔했다. 나는 가만히 손을 뺐다.

"아니요, 힘든 일이에요." 내가 말했다.

그 말을 하는 내 목소리가 너무 작았는지 두 사람은 내 말을 못 들은 것 같았다. 어쩌면 듣지 못한 척하고 싶었는지도 모른다. 다음 날 오전에 나는 베르그송의 책을 폈다. 책 속의 문장을 이해하는 데는 한참이 걸렸다. "어떤 인과관계가 처음에는 이질적으로 보인다고 하더라도, 행동 원칙으로부터 출발해 사태의 본질을 인정할 때까지의 길이 멀다 하더라도, 인간이라는 종種의 발생 원리에 직접 접촉함으로써 우리는 언제나 인류를 사랑할 수 있는 힘을 길어 올릴 수 있다." 나는 이 구절을 반복해서 되뇌었다. 신경질적인 상태가 되지 않기 위해 처음에는 입속말로, 이어 소리 내어 읽었다. 나는 두 손으로 머리를 감싸 쥐고 그 문장을 뚫어져라 들여다보았다. 마침내 나는 그 문장을 이해했다. 하지만 그 구절을 처음 읽었을 때처럼 냉랭하고 무력한 느낌이었다. 나는 그 책을 더 읽어나갈 수가 없었다. 그다음 줄을 앞서와 마찬가지로 호의를 갖고 주의 깊게 읽어보았지만, 갑자기 내 안에서 무엇인가가 폭풍처럼 일어나 침대에 몸을 던지지 않을 수 없었다. 나는 황금빛 해변에서 나를 기다리고 있을 시릴을, 요트의 부드러운 출렁임을, 시릴과 나누는 입맞춤의 느낌을 떠올렸고, 이어 안을 생각했다. 그 순간 떠오르는 생각 때문에 나는 벌떡 일어나 침대에 걸터앉았다. 심장이 빠르게 고동쳤다. 어리석고 끔찍한 생각이라고, 내가 버릇 나쁘고 게으르고, 아직 성숙하지 못한 아이일 뿐이라고, 이런 생각을 해서는 안 된다고 중얼거렸다. 하지만 이런 내 의지와는 반대로 머릿속에서는 생각이 계속되었다. 안이 우리에게 해를 끼치는 위험한 인물이라는 생각, 우리의 앞길에서 떼어놓아야 한다는 생각. 나는 조금 전 점심 식사를 거르며 이를 악문 채로 앉아 있던 것을 떠올렸다. 원한으로 깊이 상처받은 나, 내가 나 자신을 경멸하고 조롱하면서 느꼈던 감정……. 그렇다, 나는 바로 그 점 때문에 안이 미웠다. 그녀는 내가 나 자신을 사랑할 수 없게 만들었다. 행복과 유쾌함, 태평함에 어울리게 태어난 내가 그녀로 인해 비난과 가책의 세계로 들어왔다. 자기 성찰에 너무나도 서툰 나는 그 세계 속에서 나 자신을 잃어버렸다. 안은 내 생활을 어떻게 바꿔놓았는가? 나는 그녀의 힘을 가늠해보았다. 그녀는 내 아버지를 원했고 그를 가졌다. 이제는 우리를 조금씩 안 라르센의 남편과 딸로 만들 것이다. 다시 말해서 세련되고 교양 있고 행복한 존재들로 말이다. 사실 안은 우리를 행복하게 만들어줄 것이다. 불안정한 우리가 그런 틀에, 책임지지 않고 따르기만 하면 되는 상황에 쉽게 굴복하게 될 것임을 나는 분명히 느낄 수 있었다. 안은 지나칠 정도로 유능했다. 아버지는 벌써 나에게서 멀어져가고 있었다. 식탁에서 난처한 표정으로 고개를 돌리던 아버지의 얼굴이 줄곧 머릿속을 떠나지 않고 나를 괴롭혔다. 나는 울고 싶은 심정으로 지난날 우리가 함께한 그 모든 공모를, 새벽에 자동차를 타고 텅 빈 파리 거리를 달려 집으로 돌아오면서 터뜨리던 우리의 웃음을 떠올렸다. 이제 그모든 것이 끝났다. 이번에는 내가 안의 영향을 받고 개조되고 달라지리라. 그것을 언짢아하지도 않게 되리라. 그녀는 지성과 냉소와 다정함을 통해 행동할 터이고 나는 그녀에게 저항할 수 없으리라. 여섯 달도 되지 않아 저항할 욕구조차 남아 있지 않겠지.

　어떻게 해서든 분발해서 아버지와 나, 우리의 지난 삶을 되찾아야 했다. 내가 최근까지 영위해온 유쾌하고 불안정한 2년, 지난번내가 그토록 재빨리 부정해버린 그 2년이 갑자기 그 무엇과도 비교할 수 없이 매력적으로 비치다니……? 그 생활에는 생각할 자유, 잘못 생각할 자유, 생각을 거의 하지 않을 자유, 스스로 내 삶을 선택하고 나를 나 자신으로 선택할 자유가 있었다. 나는 점토에 지나지 않았으므로 '나 자신으로 존재한다'고 말할 수는 없다. 하지만 그 점토는 틀에 들어가기를 거부한다.

　이런 내 생각의 변화에 복잡한 설명을 갖다 붙일 수 있다는 걸

안다. 내가 아버지에게 근친상간적인 애정을 갖고 있다든지, 안에게 병적인 열정을 품고 있다든지 하면서 현학적인 명칭의 콤플렉스를 언급할 수 있다는 것을. 하지만 여기에는 현실적인 이유들이 있다. 더위와 베르그송, 시릴 혹은 적어도 시릴을 만날 수 없는 상황이 그 이유다. 오후 내내 나는 유쾌하지 않은 상태가 계속 이어지는 채로 이 점에 대해 생각해보았는데, 매번 다음과 같은 사실을 깨달았다. 그러니까 우리가 안의 손아귀에 들어 있다는 것. 나는 깊이 생각하는 데 익숙지 못했고, 숙고하려니 짜증이 났다. 식탁에서 나는 아침에 그랬던 것처럼 입을 열지 않았다. 아버지는 농담이라도 해야 한다는 의무감을 느낀 모양이었다.

"내가 젊음에서 사랑하는 건 그 활력, 그 재잘거림인데……."

나는 굳은 얼굴로 거칠게 아버지를 쏘아보았다. 아버지가 젊음을 사랑하는 건 사실이었지만, 아버지가 아니면 내가 대체 누구와 대화를 나눈단 말인가? 아버지와 나는 모든 것에 대해 이야기를 나누었다. 사랑에 대해, 죽음에 대해, 음악에 대해. 그러나 그는 나를 버렸고 바로 그 자신이 나를 무방비 상태로 만들어버렸다. 나는 아버지를 바라보면서 생각했다. '아버지는 이제 전처럼 나를 사랑하지 않아. 아버지는 나를 배신했어.' 그런 다음 나는 침묵 속에서 그에게 그런 내 마음을 이해시키려고 노력했다. 나는 비극의 한복판에 있었던 것이다. 아버지는 내가 더 이상 장난을 하는 게 아니라는 것, 우리 사이가 위험에 처했다는 것을 문득 깨달은 듯 놀란 기색으로 나를 바라보았다. 나는 아버지가 의구심을 품고 표정이 굳는 것을 보았다. 안이 내게 몸을 돌렸다.

"너 안색이 안 좋구나. 너한테 공부를 하라고 한 게 후회된다."

나는 대답하지 않았다. 나는 이런 유의 연극을 꾸며내고 있는 나 자신, 더 이상 그 연극을 멈출 수 없는 나 자신이 너무나 미웠다. 저녁 식사가 끝났다. 테라스에서 나는 식당 창문이 반사하여 생긴 환한 빛의 사각형 속에서 안의 길고 생기 있는 손이 망설이다가 아버지의 손을 찾아 쥐는 것을 보았다. 나는 시릴을 생각했다. 매미들과 달빛으로 가득 찬 이 테라스에서 그가 나를 안아주었으면 싶었다. 나는 사랑받고 싶었고 위로받고 싶었고 나 자신과 화해하고 싶었다. 아버지와 안은 말없이 앉아 있었다. 그들 앞에는 사랑의 밤이 기다리고 있었고, 내게는 베르그송이 있었다. 나는 눈물을 흘리려고, 나 자신을 측은히 여기려고 해보았지만 소용없었다. 그때 이미 나는 안을 측은히 여기고 있었다. 내가 그녀를 패배시키리라는 것을 확신한 사람처럼.

2부

1

이 시기 이후에 벌어진 일은 놀랍도록 또렷하게 기억한다. 나
는 다른 사람들을, 그리고 나 자신을 보다 주의 깊게 의식하게 되었
다. 그때까지는 언제나 마음 내키는 대로, 속 편하게 나를 중심으
로 사는 사치를 당연하게 여겼다. 나는 언제나 그렇게 살았다. 그런
데 당시 며칠을 상당히 혼란스러운 상태에서 보낸 후 차분히 생각
을 하고 나 자신의 행동을 돌아보게 되었다. 나는 스스로와 화해하
지 못한 채 자기 성찰의 온갖 고통을 겪어내야 했다. 나는 생각했다.
'이 감정, 그러니까 안에 대한 이 감정은 어리석고 한심해. 마찬가지
로 그녀와 아버지 사이를 떼어놓고 싶다는 이 욕망은 잔인해.' 하지
만 어쨌든 왜 나 자신을 그렇게 비판해야 하지? 나는 그냥 나야. 그
러니 사태를 내 마음대로 느낄 자유가 있는 게 아닐까? 평생 처음으
로 '자아'가 분열되는 듯했다. 나는 이런 이중적인 면을 발견하고 몹
시 놀랐다. 나는 그럴싸한 변명거리를 찾아내 나 자신에게 나직하게
중얼거리며 그런 내가 진실한 나라고 설득했다. 다음 순간 갑자기

다른 '나'가 솟아올랐다. 그 다른 '나'는 조금 전 나 자신의 논거에 이의를 제기하면서 겉으로는 모두 타당해 보이지만 사실은 착각이라고 외쳐댔다. 그런데 사실 나를 속인 것은 이 다른 나가 아닐까? 그런 통찰이야말로 가장 지독한 잘못이 아닐까? 나는 몇 시간이고 방에 틀어박힌 채 안이 내게 불러일으키는 적대감과 공포가 타당한지, 아니면 내가 입으로만 독립성을 주장하는, 버릇없고 이기적인 여자애일 뿐인지 알아내기 위해 고민에 고민을 거듭했다.

그러는 가운데 나는 날이 갈수록 조금씩 여위어갔다. 해변에서는 잠만 잤고, 식사 시간에는 하고 싶은 말이 있어도 어색한 침묵을 지켜 마침내 아버지와 안을 거북하게 만들었다. 나는 안을 바라보았다. 끊임없이 그녀를 살펴보며 식사 시간 내내 속으로 이렇게 중얼거렸다. '안이 아버지를 대하는 저 몸짓은 아버지가 두 번 다시 찾지 못할 그런 사랑이 아닐까? 눈 속에 깊은 근심을 담은 채 나를 향해 짓는 저 미소를 보면서 어떻게 그녀를 원망한단 말인가?' 그런데 문득 정신을 차려보면 안이 이렇게 말하고 있었다. "파리로 돌아가면 말이에요, 레몽……." 그런 말을 들으면 그녀가 우리와 같이 살거라는 생각, 그녀가 우리 삶에 끼어들 거라는 생각에 화가 났다. 그럴 때면 안은 내 눈에 노련함과 냉혹함의 화신처럼 보였다. 나는 속으로 생각했다. '안은 냉정하고 우리는 따뜻해. 안은 권위적이지만 우리는 독립적이야. 안은 무심하고 사람들에게 관심이 없어. 하지만 우리는 사람들에게 매혹되지. 안은 냉소적이고 우리는 유쾌해. 이 세상에 내겐 아버지뿐인데 안은 특유의 차분함으로 무장하고 우리 사이에 끼어들겠지. 그녀는 점차 우리에게서 태평하고도 좋은 열기를 취해 자신의 몸을 덥힐 거야. 그녀는 아름다운 뱀처럼 우리에게서 모든 것을 앗아갈 거야.' 나는 거듭 되뇌었다. 아름다운 뱀……
한 마리 아름다운 뱀! 안이 나에게 빵을 건네는 바람에 문득 정신
이 들었다. 나는 속으로 외쳤다. '이건 미친 생각이야. 저 사람은 안
이야. 이지적인 안, 너를 돌봐준 사람. 안의 냉정함은 그녀가 살아가
는 방식일 뿐이야. 거기에 계산 따위 없어. 그녀의 고고한 태도는 많
은 천박한 것으로부터 그녀를 보호해주지. 그건 그녀가 고상하다
는 증거야.' 아름다운 뱀이라니……. 나는 수치심으로 얼굴에서 핏기
가 빠져나가는 것을 느끼며 안을 바라보았다. 나는 아주 작은 소리
로 용서해달라고 그녀에게 빌었다. 때때로 안은 나의 그런 눈길을 포
착하고는, 놀람과 불안으로 표정이 어두워지며 하던 말을 중단했다.
그런 다음 본능적으로 아버지의 눈길을 찾았다. 아버지는 찬탄과 욕
망이 뒤섞인 눈빛으로 안을 바라볼 뿐 그녀가 왜 불안해하는지 이
해하지 못했다. 결국 나는 점차 집안 분위기를 질식할 듯이 만들어
갔고 그런 내가 정말 싫어졌다.

아버지 역시 그 자신이 할 수 있는 만큼 괴로워하고 있었다. 다
시 말해서 조금쯤만 괴로워했다. 아버지는 안에게 빠져 있었고, 자
부심과 쾌락에 열중해 있었으니까. 오직 그것이 그가 사는 이유였
다. 하지만 어느 날 내가 아침 해수욕을 마치고 해변에서 졸고 있는
데 아버지가 옆에 와서 앉더니 나를 바라보았다. 나는 내게 쏟아지
는 아버지의 시선을 느꼈다. 내가 몸을 일으켜 그즈음 익숙해진 가
짜로 밝은 태도를 보이며 물속으로 들어가자고 제안하려는 순간, 아
버지가 내 머리에 손을 얹으며 안타까워하는 듯한 어조로 목소리를
높였다.

"안, 여기 와서 이 메뚜기같이 홀쭉한 것 좀 봐요. 이 애는 너

무 말랐어요. 공부 때문에 이런 거라면 공부를 그만두게 해야 돼."

아버지는 모든 것을 해결할 수 있다고 여겼다. 아마 열흘 전이었다면 그렇게 해서 문제가 해결되었으리라. 하지만 나는 이미 혼돈 속에 너무 깊이 들어와 있었다. 오후의 공부 시간은 더 이상 나를 괴롭히지 않았다. 다만 베르그송 이후 그 어떤 책도 펼쳐보지 않았을 뿐.

안이 다가왔다. 나는 모래 위에 배를 깔고 엎드린 채 그녀의 발소리에 신경을 곤두세웠다. 그녀가 맞은편에 앉더니 나직하게 말했다.

"공부를 시킨 게 세실에게 효과가 없는 건 사실이에요. 세실이 방 안을 뱅뱅 맴도는 대신 진짜로 공부를 하면 좋을 텐데……."

나는 몸을 돌려 두 사람을 바라보았다. 내가 공부를 하지 않는다는 걸 그녀는 어떻게 알았을까? 어쩌면 내 생각을 엿봤을 수도 있다. 내가 보기에 그녀는 무엇이든 할 수 있었다. 그런 생각이 들자 두려웠다.

"방 안에서 빙빙 돌고만 있는 건 아니에요." 내가 반박했다.

"그 청년이 그리운 거니?" 아버지가 물었다.

"아니야!"

그건 조금쯤 거짓이었다. 하지만 시릴을 생각할 여유조차 없었던 건 사실이다.

"하지만 네 몸 상태가 좋지 않아." 아버지가 단호한 어조로 말했다. "안, 보여요? 애가 꼭 속이 모두 비워져서는 햇빛 아래 구워지는 닭 같아요."

"귀여운 세실, 노력 좀 해봐. 공부는 조금만 하고 먹는 걸 많이 먹어. 이번 시험이 중요하긴 하지만……." 안이 말했다.

"시험 같은 건 아무래도 좋아요. 알다시피 난 아무 상관 없다고요!" 내가 소리쳤다.

나는 바로 앞에 앉아 있는 그녀를 절박한 시선으로 바라보았다. 이게 시험보다 더 중요하다는 걸 그녀가 이해해주기를 바라면서. 그때 안은 나에게 '그럼 뭐가 문제인데?'라고 물었어야 했다. 귀찮을 정도로 질문을 던져 내가 어쩔 수 없이 모든 걸 털어놓게 만들었어야 했다. 그랬다면 그녀는 나를 설득해 자신이 원하는 결정을 내리게 했으리라. 그랬다면 나는 쓰라리고 고통스러운 그 감정들에 시달리지 않아도 되었겠지. 안은 나를 주의 깊게 바라보았다. 나는 나에 대한 관심과 비난으로 짙어진 그녀의 푸른 눈을 마주 보았다. 이윽고 나는 그녀에겐 나한테 질문할 생각도, 나를 괴로운 감정들로부터 해방시켜줄 생각도 전혀 없음을 깨달았다. 안은 내가 그런 생각을 한다는 걸 짐작조차 못 하고 있었으니까. 그녀의 판단으로는 그런 생각을 한다는 건 있을 수 없는 일이었다. 당시 나를 황폐하게 만들던 생각들 중 하나라도 내가 할 수 있으리라고 그녀는 생각지 않았다. 아니, 혹시 그런 의혹이 떠올랐다고 해도 그녀는 경멸과 무심한 태도로 일관했으리라. 어쨌든 내가 하고 있는 생각들은 그런 취급을 당해 마땅했다! 안은 언제나 사태를 정확하게 판단했다. 그런 이유에서 나는 결코, 결코 그녀와 언쟁 같은 걸 할 수 없었다.

나는 다시 모래 위로 거칠게 엎어져 따뜻하고 부드러운 해변의 모래밭에 한쪽 뺨을 갖다 댔다. 나는 한숨을 내쉬었고 살짝 몸을 떨었다. 안의 차분하고 안정된 손이 내 목덜미 위에 놓이더니 잠시 동안 움직이지 않았다. 이윽고 내 신경질적인 떨림이 멎었다.

"삶을 복잡하게 만들지 마. 그토록 밝고 활동적이던 네가, 생각 같은 건 하지 않던 네가 이렇게 사색적이 되고 우울해하다니. 이건 네게 어울리지 않아."

"나도 알아요. 내가 해맑고 어리석고, 생각도 없고 특별할 것도 없는 아이라는 걸."

"점심 먹으러 가자." 그녀가 말했다.

아버지는 이미 저만큼 멀어져 있었다. 아버지는 이런 종류의 대화를 몹시 싫어했다. 별장까지 가는 동안 아버지는 내 손을 찾아 쥐고 놓지 않았다. 믿음직하고 기운을 북돋워주는 손이었다. 그 손은 내가 처음으로 실연을 당해 슬퍼할 때 눈물을 닦아주었고, 완벽한 행복과 고요의 순간 내 손을 잡아주었으며, 우리가 함께 일을 꾸미며 정신없이 웃을 때 살그머니 내 손을 쥐어주었다. 자동차 운전대에 놓여 있던, 저녁이면 열쇠를 쥐고 엉뚱한 구멍에 넣던, 어떤 여자의 어깨에 놓여 있거나 담배를 쥐고 있던 그 손, 그 손은 이제 더 이상 나를 위해 아무것도 할 수 없었다. 나는 맞잡은 손에 힘을 주었다. 아버지가 내게로 고개를 돌리며 웃어 보였다.

2

이틀이 지났다. 나는 방 안을 빙빙 돌며 지냈고 지쳐갔다. 안이 우리의 생활을 뒤죽박죽으로 만들 것이라는 강박관념에서 헤어날 수가 없었다. 나는 굳이 애써 시릴을 만나지는 않았다. 그는 나를 안심시키고 행복하게 해주겠지만 내가 진정으로 원하는 것은 그런 게 아니었다. 나는 풀 길 없는 의문을 나 자신에게 제기하고 지난날들을 회상하고 다가올 날들을 걱정하면서 어떤 만족감까지 느꼈다. 날은 몹시 더웠다. 방의 덧문을 내려놓아 햇빛은 막았지만 그것만으로는 참기 어려운 대기 중의 습도와 갑갑함을 완전히 떨쳐낼 수 없었다. 나는 고개를 뒤로 젖히고 시선은 천장을 향한 채 침대에 누워 시트의 서늘한 부분을 찾아 움직거리는 것 외에는 꼼짝도 하지 않았다. 그렇다고 잠을 자는 것도 아니었다. 침대 발치에 있는 전축에 멜로디 없이 느린 비트만 있는 레코드판을 걸었다. 담배를 많이 피웠고 자신이 퇴폐적이라고 느꼈으며 그 사실이 마음에 들었다. 하지만 그것만으로는 나 자신을 속일 수 없었다. 나는 슬펐고 갈피를 잡을 수 없었다.

어느 날 오후 가정부 아주머니가 내 방문을 두드리더니 의미심장한 표정을 지으며 "아래층에 누가 찾아왔어요"라고 했다. 그 말을 듣자마자 나는 시릴을 떠올리며 아래층으로 내려갔다. 하지만 찾아온 사람은 시릴이 아니라 엘자였다. 엘자는 무척 반가워하며 내두 손을 잡았다. 그녀는 놀랍도록 다시 아름다워져 있었다. 피부는 마침내 햇빛에 고르게 그을었고, 세심하게 가꾼 몸은 젊음으로 빛났다.

"내 가방을 가지러 왔어. 쥐앙이 얼마 전에 원피스를 몇 벌 사주긴 했지만 그것만으로는 부족하거든." 그녀가 말했다.

나는 한순간 쥐앙이 누군지 궁금했지만 묻지 않았다. 엘자를다시 만나서 기뻤다. 그녀가 환기시키는 정부情婦, 술집, 경박한 저녁 모임 분위기 같은 것이 행복했던 날을 떠올려주었다. 나는 그녀에게 다시 만나서 기쁘다고 했고, 그녀는 우리에겐 공감대가 있어서언제나 잘 통하지 않았느냐고 했다. 나는 가벼운 거부감을 느꼈지만애써 감추고 그녀에게 내 방으로 올라가자고 말했다. 그러면 엘자는아버지나 안과 부딪치는 것을 피할 수 있을 터였다. 내가 아버지 이야기를 꺼내자 엘자는 자신도 모르게 고개를 살짝 끄덕였다. 나는생각했다. 쥐앙이라는 남자와 그가 사준 원피스들에도 불구하고 그녀는 아마도 여전히 아버지를 사랑하고 있는 모양이라고……. 그리고 삼 주 전이었다면 나는 그런 미묘한 동작의 의미를 포착하지 못했을 것이라고.

내 방에서 엘자는 남프랑스 해안의 황홀한 사교계 생활에 대해 요란하게 이야기를 늘어놓았다. 내 안에서 기묘한 아이디어들이 형태를 잡아가는 것이 어렴풋이 느껴졌다. 부분적으로는 엘자의 새로워진 모습에 자극을 받아 생긴 아이디어들이었다. 내가 잠자코 듣고만 있어서인지 이윽고 엘자는 말을 멈추었다. 그러고는 방 안을 몇 걸음 걸은 다음 내 쪽으로 몸을 돌리지 않은 채 태연한 목소리로 물었다. "레몽은 행복한 것 같니?" 문득 내가 우위에 선 것 같은 느낌이 들었고, 즉각 그 이유를 깨달았다. 그때 머릿속에 여러 계획이 뒤섞여 떠오르는 바람에 생각의 무게에 눌려 쓰러질 것 같은 기분이었다. 그런데도 순간적으로 엘자에게 뭐라고 대답해야 할지 알 수 있었다.

"행복이라니, 과한 말이에요! 안은 아버지가 행복한지 어떤지 생각하게 내버려두질 않아요. 수완이 보통이 아니거든요."

"수완이 대단하지!" 엘자가 한숨을 내쉬었다.

"안이 아버지에게 어떤 결정을 내리게 했는지 당신은 짐작도 못 할 거예요……. 안은 곧 아버지와 결혼해요."

엘자가 깜짝 놀란 얼굴로 나를 향해 돌아섰다.

"그 여자가 그와 결혼한다고? 레몽이 결혼을 하고 싶어 해, 그가?"

"그래요, 당신의 '레몽'이 결혼을 할 거라고요." 내가 대답했다.

갑자기 목구멍까지 웃음이 차올랐다. 두 손이 떨리고 있었다. 엘자는 내가 마치 한 대 치기라도 한 것처럼 어쩔 줄 몰라 했다. 그녀가 차분히 이치를 따져, 아버지 나이에는 결혼이 적당하고, 유흥업계 여자들과 어울리며 평생을 보낼 수는 없다는 결론을 내리도록 내버려둬서는 안 되었다. 나는 몸을 앞으로 숙이고 그녀에게 깊은 인상을 주기 위해 갑자기 목소리를 낮추었다.

"그런 일이 일어나게 해서는 안 돼요, 엘자. 아버지는 벌써 힘들어하고 있어요. 당신도 잘 알겠지만 그건 있을 수 없는 일이에요."

"맞아." 그녀가 대답했다.

엘자는 내 말에 매혹당한 듯했다. 그 모습을 보자 나는 다시 웃음을 터뜨리고 싶었다. 손의 떨림은 점점 더 심해졌다.

내가 다시 말을 이었다. "난 당신을 기다렸어요. 안과 맞서 싸울 만한 사람은 당신뿐이에요. 당신 정도는 돼야 한다고요."

분명히 그녀는 내 말을 믿고 싶어 하는 듯했다.

"하지만 레몽이 안과 결혼하기로 했다면, 그건 그 여자를 사랑한다는 거잖아." 엘자가 반박했다.

"그럴 리가요. 아버지가 사랑하는 사람은 당신이에요, 엘자! 당신이 그걸 모른다고 주장할 생각은 하지 마요." 내가 부드럽게 말했다.

엘자는 눈썹을 깜박이고는 그 말이 불러일으킨 희망과 기쁨을 감추기 위해 고개를 돌렸다. 나는 일종의 명한 상태에서 연기를 하고 있었다. 그녀에게 무슨 말을 해야 하는지 정확히 알 수 있었다.

"당신도 알겠지만 안은 부부, 가정, 도덕성이 주는 안정감을 동원해 아버지에게 호소했고, 결국 성공했어요."

내 말이 나 자신을 괴롭히고 있었다……. 그 생경하고 수준 낮은 말은 다름 아닌 내 머릿속에서 나온 생각을 표현한 것이기 때문이었다.

"만약 그 결혼이 이루어진다면 우리 세 사람의 삶은 파괴되고 말 거예요, 엘자. 아버지를 지켜야 해요. 아버지는 몸만 컸지 사실은 아이예요……. 덩치만 큰 아이라고요……."

나는 '덩치만 큰 아이'라는 말을 힘주어 되풀이했다. 그런 표현은 지나치게 멜로드라마처럼 느껴졌지만 엘자의 아름다운 녹색 눈에는 벌써 연민이 어려 있었다. 나는 송가의 마지막 소절이라도 부르듯 이렇게 말했다.

"날 좀 도와줘요, 엘자. 내가 이 이야기를 하는 건 당신과 아버지, 그리고 두 사람의 사랑을 위해서예요."

나는 속으로 무슨 후렴처럼 이렇게 덧붙였다. '……그리고 굶주리는 중국 어린이들을 위해서죠.'

"하지만 내가 뭘 할 수 있겠어? 내게는 불가능해 보이는 일인걸." 엘자가 말했다.

"그 일이 불가능하다고 생각한다면, 그럼 그만둬요." 나는 이른바 낙심한 어조로 말했다.

"못된 여자 같으니!" 엘자가 중얼거렸다.

"꼭 맞는 표현이에요." 그렇게 대답하고 이번에는 내가 고개를 돌렸다.

엘자는 눈에 띄게 기운을 회복했다. 그녀는 과거에 우롱당했다. 하지만 이제 레몽에게, 음모를 꾸민 그 여자에게 엘자 마켄부르가 무엇을 할 수 있는지를 보여줄 터였다. 아버지는 그녀를 사랑하고 있고, 그녀는 그 사실을 의심한 적이 없으며, 그녀 역시 쥐앙과 함께하면서도 아버지의 매력을 잊을 수가 없었다. 당연히 엘자는 그에게 가정을 꾸리자는 말 같은 것은 하지 않았다. 적어도 그를 힘들게 하진 않았다. 그런 일은 시도조차 하지 않았다…….

내가 입을 열었다. 엘자와 함께 있는 것이 더 이상 참기 어려웠기 때문이다. "엘자, 시릴에게 가서 내가 보냈다고 말하고 별장에 묵게 해달라고 해요. 자기 어머니에게 말해서 그렇게 해줄 거예요. 시릴에게 전해줘요. 내일 아침 내가 보러 간다고. 우리 셋이 함께 의논하기로 해요."

문간에서 나는 농담처럼 덧붙였다.

"당신 인생은 당신이 지켜야죠, 엘자."

엘자는 마치 운명으로부터, 그리고 자신에게 돈을 대주는 남자들로부터 보름 치 돈을 받지 못하기라도 한 것인 양 심각하게 고개를 끄덕였다. 나는 그녀가 특유의 춤추는 듯한 걸음걸이로 햇빛 아래로 나서는 모습을 지켜보았다. 아버지가 그녀를 다시 갖고 싶다는 마음이 들기까지는 일주일이면 충분할 거라는 생각이 들었다.

3시 반이었다. 그 시각 아버지는 안의 품속에서 자고 있을 터였다. 안 자신도 쾌락과 행복의 열기로 만개하고 흐트러지고 쓰러져 잠 속으로 빠져들었으리라……. 나는 나 자신을 돌아볼 한순간의 여유도 없이 재빨리 계획을 세우기 시작했다. 나는 줄곧 방 안을 왔다 갔다 했다. 창문 가까이로 가서 모래 위에 부서져 고요하게 잦아드는 파도에 시선을 던졌다가 방문으로 돌아와서는 다시 돌아섰다. 나는 있을 수 있는 모든 반박을 계산하고 예측하고 대책을 세웠다. 그때까지는 한 번도 사람의 정신이 얼마나 민첩하고 순발력 있는지 실감한 적이 없었다. 나는 내가 위험할 정도로 능란하다고 느꼈다. 엘자에게 설명을 시작하는 순간 치밀어 오르던 자기혐오의 물결에, 이제 자부심과 내밀한 공모의 느낌, 고독감이 덧붙여졌다.

해수욕을 하러 갈 시각이 되자, 그 모든 것이 무너져 내렸다. 하지만 이제 와서 이런 말이 다 무슨 소용이란 말인가? 나는 안을 보면서 양심의 가책에 몸을 떨었다. 어떻게 해야 내 잘못을 벌충할 수 있을지 알 수 없었다. 안의 가방을 들어주었고, 물속에서 나오는 그녀에게 서둘러 가운을 내밀었으며 그녀에게 친절하게 말하고, 여러 가지로 배려를 했다. 최근 며칠 동안의 침묵에 이어 찾아온 나의 이런 갑작스러운 변화에 안은 깜짝 놀랐고, 나아가 기뻐하는 듯했다. 아버지는 정말로 기뻐했다. 안은 나에게 미소로 고마움을 표했고 내 말에 유쾌한 어조로 화답했다. 나는 엘자와 나눈 대화를 떠올렸다. "못된 여자 같으니!" "꼭 맞는 표현이에요." 내가 어떻게 그런 말을 할 수 있었을까, 어리석기 짝이 없는 엘자의 말에 어떻게 동조할 수 있었을까? 내일 엘자에게 말해야겠다. 떠나는 것이 좋겠다고, 내가 잘못 생각했노라고 털어놓아야겠다. 모든 것이 예전처럼 될 터였다. 결국 나는 시험에 합격하겠지! 대학 입학 자격시험은 꼭 필요한 것이 아니겠는가.

"안 그래요?"

내가 안에게 물었다.

"대학 입학 자격시험은 꼭 필요한 거 아니겠어요?"

안은 나를 바라보더니 웃음을 터뜨렸다. 그렇게 즐거워하는 그녀를 보고 기뻐서 나 역시 그녀처럼 웃었다.

"넌 정말 대단해." 그녀가 말했다.

내가 대단한 건 사실이었다. 어떤 계획을 세웠는지를 그녀가 안다면 내가 정말 대단하다는 것을 인정할 텐데! 내가 얼마나 대단한지 그녀에게 알리고 싶어서 나는 정말 이렇게 털어놓고 싶었다! '그거 알아요? 내가 엘자에게 연극을 하라고 시켰어요. 그녀는 시릴의 애인이 된 척할 거예요. 시릴과 같은 집에서 지낼 거고요. 우리는 그 두 사람이 요트를 타고 지나가는 것을 보게 될 거고, 숲이나 해

안에서 그들과 마주칠 거예요. 엘자는 아름다움을 되찾았어요. 오! 물론 그건 당신이 지닌 그런 아름다움은 아니지만요. 요컨대 엘자에게는 남자들이 뒤를 돌아보게 만드는 그런 생기 넘치는 아름다움이 있어요. 그런 아름다움에 아버지는 그리 오래 저항하지 못할 거예요. 자신과 사귀던 아름다운 여자가 실연의 아픔을 그렇게 빨리, 그것도 어떻게 보면 바로 자기 면전에서 떨쳐내고 있다는 사실을 결코 인정할 수 없을 거예요. 특히 아버지 자신보다 더 젊은 남자와 어울리면서요. 안, 아버지가 지금은 당신을 사랑한다고 하더라도 얼마 지나지 않아 엘자를 원하게 될 거예요. 자신감을 회복하기 위해서요. 아버지는 보는 시각에 따라 허영심이 강하다고 할 수도 있고 스스로에 대한 확신이 부족하다고 할 수도 있어요. 엘자는 내 지시하에 필요한 일을 진행할 거예요. 언젠가 아버지는 당신을 속이고 엘자와 만날 테고 당신은 그걸 견딜 수 없을 거예요, 안 그래요? 당신은 다른 사람과 애인을 공유하는 그런 유형이 아니잖아요. 당신은 떠나겠죠. 그게 바로 내가 바란 바예요. 그래요, 이건 말도 안 되는 계획이죠. 난 베르그송 때문에, 더위 때문에 당신에게 앙심을 품었어요. 상상의 날개를 펼쳤다고요⋯⋯. 어찌나 추상적이고 우스꽝스러운 상상인지 차마 말할 수가 없어요. 하마터면 이 대학 입학 자격시험이 당신과 우리 사이를 틀어지게 할 뻔했어요. 안, 그러니까 우리 엄마의 친구, 우리의 친구인 당신과의 사이를요. 하지만 대학 입학 자격시험은 필요한 거잖아요, 안 그래요?'— 안 그래요?

"뭐가 안 그러냐는 거지? 대학 입학 자격시험이 꼭 필요하지 않으냐고?" 안이 물었다.

"예." 내가 대답했다.

어쨌든 그녀에게 아무 말도 하지 않는 편이 나을 것이다. 그녀는 아마도 나를 이해하지 못하리라. 그녀, 안이 이해하지 못하는 것도 있다. 나는 물속에 뛰어들어 헤엄을 치며 아버지를 쫓아갔다. 함께 물장난을 하면서 놀이의 즐거움, 물의 즐거움, 양심의 가책에서 해방된 마음의 즐거움을 되찾았다. 내일 방을 바꿔야겠다. 교과서들만 들고 다락방에 가서 자리를 잡을 것이다. 그래도 베르그송 책만은 가져가지 말아야지. 지나친 건 좋지 않으니까! 고독 속에서 하는 충실한 두 시간의 공부, 침묵 속의 노력, 잉크와 종이 냄새. 시월의 시험 합격, 아버지의 놀란 듯한 웃음소리, 안의 칭찬, 학사 학위. 나는 안처럼 이지적이고 교양 있고, 조금은 도도한 여자가 될 것이다. 내게도 어쩌면 지성인이 될 가능성이 있는지도 모른다……. 논리적인 계획을, 물론 경멸당해 마땅하지만 논리적임에는 분명한 그 계획을 단 5분 만에 세우지 않았던가. 그리고 엘자! 나는 그녀의 허영심을, 감정을 자극해서 순식간에 기대를 품게 만들지 않았던가. 그녀는 단지 짐가방을 찾으러 온 것뿐이었는데. 게다가 재미도 있었다. 나는 엘자라는 목표를 정해 허점을 찾아내고 공격의 수위를 조절한 다음 입을 열었다. 난생처음으로 나는 그런 특별한 기쁨을 경험했다. 어떤 존재를 간파하고 찾아내고 백일하에 드러낸 다음 명중시키는 즐거움. 과녁으로 삼을 누군가를 찾아헤맸고, 발견하자마자 방아쇠에 손가락을 걸고 있었던 것처럼 조심스럽게 즉각 방아쇠를 당겼다. 명중! 내가 모르던 경험이었다. 나는 언제나 지나치게 충동적이었다. 그동안 내가 혹시 어떤 존재에게 영향을 준 일이 있었다고 하더라도 그건 계획이 아니라 우연 덕분이었다. 그런데 갑자기 인간의 반사 반응이 지닌 멋진 메커니즘, 말의 힘 같은 것들을 일순간 엿보게 된 것이다······. 이런 경험을 하필이면 거짓말을 통해 하게 되다니 안타까운 일이었다. 언젠가는 나도 누군가를 열정적으로 사랑할 것이고, 조심스럽게, 부드럽게 떨리는 손으로 그에게 가는 길을 찾아내겠지······.

3

다음 날 시릴의 별장을 향해 걸어가면서 나는 지적인 면에서 전날보다 훨씬 자신감을 잃은 느낌이었다. 그동안의 울적함에서 벗어난 것을 축하하기 위해 전날 저녁 식사에서 술을 많이 마셨고 지나치게 명랑하게 떠들어댔다. 나는 아버지에게 문학을 전공하겠다고, 박식한 이들과 교제하고 명성을 얻고 좀 따분한 사람이 될 거라고 말했다. 그런 나를 사회에 화려하게 데뷔시키기 위해 아버지는 온갖 스캔들과 광고의 비결을 모조리 동원해야 할 터였다. 우리는 기발한 아이디어들을 내놓았고 박장대소했다. 안 역시 웃음을 터뜨렸지만 우리 것보다는 소리가 작았고 우리 기분에 맞춰주는 듯한 웃음이었다. 때때로 내가 문학의 범주를 넘어서는, 절제를 잃은 아이디어를 내놓을 때면 그녀는 얼굴에서 웃음기를 완전히 거두기도 했다. 하지만 아버지가 전에 우리가 나누던 어리석은 농담들을 다시 하게 된 데 너무나 행복해했으므로 무어라 토를 달지는 않았다. 이윽고 두 사람은 나를 침대에 눕히고 이불깃을 여며주었다. 나는 그들에게 열렬히 감사를 표하고 두 사람 없이 나 스스로 무엇을 해야 할지 물었다. 아버지는 정말이지 아무것도 몰랐고, 안은 이 문제에 대해 상당히 가차 없는 구상을 가진 듯했다. 그녀에게 어떻게 생각하는지 말해달라고 사정하자 그녀는 무슨 말인가 하려는 듯 내 위로 몸을 기울였다. 하지만 그 순간 나는 잠에 빠져들고 말았다. 한밤중에 나는 몸 상태가 좋지 않은 것을 느꼈다. 잠에서 깰 무렵에는 그때까지 경험한 그 어떤 아침보다 더 고통스러웠다. 흐릿한 머릿속 주저하는 마음으로 나는 소나무 숲을 향해 걸었다. 아침 바다도, 요란하게 울어대는 갈매기들도 의식하지 못한 채.

시릴은 정원 입구에서 나를 기다리고 있었다. 그는 나를 보고 튕겨지듯 달려오더니 나를 품에 안고 꼭 끌어안으며 두서없이 중얼거렸다.

"세실, 얼마나 걱정했는지 몰라……. 우리 정말 오랫동안 못 만났잖아……. 네가 무엇을 하고 있는지 알 수가 없었어. 그 여자가 널 불행하게 만들었는지 어떤지……. 나 자신이 그토록 힘들 줄 몰랐어……. 매일 오후 우리가 만나던 해변 앞을 요트로 지나갔지. 한 차례, 두 차례 간 적도 있어. 내가 널 그렇게까지 사랑하는 줄 몰랐어……."

"나도 그래." 내가 말했다.

실제로 시릴의 고백은 나를 놀라게 하는 동시에 감동시켰다. 나는 몸 상태가 너무 좋지 않아서 그에게 내 감정을 제대로 표현할 수 없는 것이 안타까웠다.

"네 얼굴이 어쩌면 이렇게 창백한지. 이제 내가 널 돌볼 거야. 더 이상 네가 학대당하는 걸 그냥 두고 볼 순 없어."

시릴이 그런 생각을 한 것은 엘자의 상상력 때문일 것이다. 나는 시릴에게 그의 어머니가 엘자를 어떻게 생각하는지 물었다.

"어머니께 엘자가 친구이고 고아라고 말씀드렸어. 좋은 사람이더라. 엘자 말이야. 엘자가 나에게 그 여자에 대해 전부 다 말해줬어. 그렇게 섬세하고 기품 있는 얼굴을 하고 그런 음모를 꾸미다니 이상해."

"엘자는 과장이 심해. 내가 그녀에게 말하고 싶었던 건 그저……." 나는 기운 없는 목소리로 말했다.

"나도 네게 할 말이 있어." 시릴이 내 말허리를 잘랐다. "세실, 난 너와 결혼하고 싶어."

나는 한순간 공포에 사로잡혔다. 뭔가 해야 했다. 무슨 말인가 해야 했다. 몸 상태가 이렇게 나쁘지만 않다면 좋을 텐데…….

"난 널 사랑해." 시릴이 내 머리카락에 얼굴을 묻고 말했다. "난 법학을 포기할래. 어떤 분이 흥미로운 일자리를 제안했어……. 삼촌뻘 되는 분인데……. 난 이제 스물여섯 살이야. 더 이상 아이가 아니라고. 지금 진지하게 이야기하는 거야. 어떻게 생각해?"

나는 그의 고백에 상응하는 그럴싸한 말을 찾으려고 필사적으로 애썼다. 그와 결혼하고 싶지 않았다. 나는 그를 사랑하고 있었지만 결혼하고 싶지는 않았다. 그 누구와도 결혼하고 싶지 않았다. 나는 피곤했다.

"그건 불가능해. 우리 아버지가……." 내가 더듬거리며 말했다.

"네 아버지께는 내가 말씀드릴게." 시릴이 말했다.

"안이 못 하게 할 거야. 그녀는 날 아이로 여겨. 그리고 안이 안 된다고 하면, 아버지도 안 된다고 할 거야. 난 너무 피곤해, 시릴. 이런 감정들 때문에 다리가 후들거리는 것 같아. 우리 자리에 앉자. 저기 엘자가 오네."

엘자는 실내복 차림을 하고 건강하고 눈부신 모습으로 내려오고 있었다. 나는 내가 칙칙하고 비쩍 말랐다고 느꼈다. 시릴과 엘자는 둘 다 건강하고 생기가 넘치고 흥분해 있어서 나를 더 의기소침하게 만들었다. 엘자는 내가 감옥에서 막 출소하기라도 한 것처럼 아주 조심스럽게 자리에 앉혔다.

"레몽은 어떻게 지내? 내가 온 걸 아니?" 그녀가 물었다.

엘자는 지난 일을 용서하고 새로운 희망을 품은 사람이 갖는 행복한 미소를 짓고 있었다. 나는 엘자에게 우리 아버지가 그녀를 잊었다고 말할 수 없었고, 시릴에게 그와 결혼하고 싶지 않다고 말할 수 없었다. 나는 두 눈을 감았다. 시릴이 커피를 가지러 갔다. 엘자가 계속 이런저런 말을 늘어놓았다. 그녀는 나를 아주 노련한 사람으로 여겼고 나를 신뢰했다. 커피는 무척 진하고 향기로웠으며 햇빛은 약간 원기를 돋워주었다.

"난 아무리 생각해봐도 해결책을 못 찾겠어." 엘자가 말했다.

"해결책 같은 건 없어요. 이건 그저 한 사람이 누군가에게 열광하고 그 영향을 받아서 벌어진 일일 뿐이에요. 거기에 대해서는 할 수 있는 일이 없어요." 시릴이 말했다.

"있어. 한 가지 방법이 있어. 두 사람은 정말 상상력이 없네." 내가 말했다.

그들이 내 말에 귀를 기울이는 것을 보자 나는 우쭐한 기분이 들었다. 그들은 나보다 열 살이나 많은데도 아무 아이디어도 내지 못하고 있는 것이다! 나는 대수롭지 않다는 투로 말했다.

"이건 심리적인 문제야." 내가 말했다.

나는 오랫동안 그들에게 내 계획을 설명했다. 그들은 나 자신이 전날 제기했던 것과 똑같은 이의를 제기했고, 나는 그것을 하나하나 무너뜨리면서 날카로운 쾌감을 맛보았다. 꼭 그럴 필요는 없었지만 그들을 납득시키려고 애쓰는 동안 결국 나도 흥분했다. 나는 그들에게 내 계획이 가능하다는 것을 증명했다. 남은 것은 그렇게 해서는 안 되는 이유를 그들에게 증명하는 것이었는데, 해야 할 이유만큼 논리적으로 분명한 이유는 찾아낼 수 없었다.

"난 그런 책략이 마음에 들지 않아. 하지만 그게 너와 결혼할 수 있는 유일한 방법이라면, 그렇게 하겠어." 시릴이 말했다.

"우리가 결혼할 수 없는 게 꼭 안 때문만은 아니야." 내가 말했다.

"그 여자가 떠나지 않는다면, 넌 그녀가 원하는 사람과 결혼해야 한다는 거 잘 알잖아." 엘자가 말했다.

그건 사실일지도 몰랐다. 내 스무 번째 생일에 안이 나에게 한 청년을 소개해주는 장면을 떠올렸다. 대학을 졸업하고 찬란한 미래가 약속되어 있으며, 지적이고 균형 잡히고, 틀림없이 품행이 바른 청년을. 그런데 시릴이 어딘가 그런 청년과 닮아 있었다. 나는 웃기 시작했다.

"부탁인데 웃지 마. 내가 엘자를 사랑하는 척한다면 질투할 거라고 말해줘. 넌 어떻게 그런 생각을 해낸 거야? 날 사랑한다면서?" 시릴이 물었다.

시릴은 낮은 목소리로 말했다. 엘자가 눈치를 채고 자리를 떴다. 나는 시릴의 짙은 눈동자와 긴장한 구릿빛 얼굴을 바라보았다. 그는 나를 사랑하고 있었다. 그 사실에 나는 묘한 감명을 받았다. 나는 그의 입술을 바라보았다. 욕망으로 부풀어 올라 그렇게 가까이 다가와 있는 그의 입술을……. 나는 더 이상 이지적인 존재가 아니었다. 그가 얼굴을 조금 앞으로 내밀자 그의 입술과 나의 입술이 서로 만나고, 서로를 알아보았다. 나는 두 눈을 뜬 채 앉아 있었다. 내 입술에 닿은 뜨겁고 단단한 그의 입술은 움직이지 않았다. 가벼운 전율이 그의 입술을 관통했다. 그는 그 전율을 멈추게 하기 위해 몸을 조금 더 앞으로 기울였다. 이윽고 그의 입술이 벌어지고, 키스가 시작되자 그는 이내 능동적이고 노련하게 움직였다. 너무나도 노련하게……. 나는 내가 대학 입학 자격시험 공부를 하는 것보다는 태양 아래서 남자와 키스하는 데 더 재능이 있다는 것을 깨달았다. 나는 숨을 헐떡이면서 그로부터 몸을 뗐다.

"세실, 우리는 함께 살아야 해. 난 엘자와 그 연극을 할 거야."

나는 내 계산이 맞는지 자문했다. 나는 이 연극의 감독이고 두뇌였다. 언제라도 이 연극을 멈출 수 있었다.

"넌 정말 특이한 생각을 해냈어." 시릴이 특유의 조금 엉큼해 보이는 미소를 지으며 말했다. 입술이 살짝 들리며, 그를 건달처럼 보이게 하는 미소였다. 아주 잘생긴 건달처럼…….

"키스해줘. 얼른 키스해줘." 내가 중얼거렸다.

그렇게 나는 그 연극을 시작했다. 해야겠다는 의지에서라기보다는 호기심에 이끌려 무심하게. 때때로 내가 그 일을 증오와 격렬한 감정에서 의도적으로 한 거라면 차라리 더 나았을 것이라고 생각한다. 그랬다면 게으름이나 태양, 시릴의 키스 때문이었다는 핑계를 대기보다는 적어도 나 자신을 확실하게 비난할 수 있었을 테니까.

한 시간 후 나는 상당히 당혹스러운 상태로 공모자들과 헤어졌다. 하지만 스스로를 안심시킬 수 있는 근거가 아직 많이 남아 있었다. 내 계획에 문제가 있을 수도 있고, 아버지가 안에 대한 열정으로 신의를 지킬 수도 있었다. 게다가 시릴도, 엘자도 나 없이는 아무것도 할 수 없었다. 아버지가 이 연극에 말려드는 것처럼 보인다면, 그때 가서 이 연극을 중지할 수도 있으리라. 어쨌든 내 심리적인 계산이 맞는지 틀리는지를 알아보는 일은 언제나 재미있었다.

게다가 시릴은 나를 사랑하고, 나와의 결혼을 꿈꾸고 있었다. 그 생각은 내게 희열을 안겨주기에 충분했다. 만약 그가 지금부터 한두 해, 그러니까 내가 성인이 될 때까지 기다려줄 수 있다면 나는 그의 청혼을 받아들일 터였다. 나는 시릴과 함께 사는 내 모습을, 그와 몸을 맞대고 자고 언제나 붙어 다니는 모습을 벌써 눈앞에 떠올릴 수 있었다. 일요일마다 우리는, 부부가 되어 살고 있는 안과 아버지와 함께, 어쩌면 시릴의 어머니까지 모여 점심 식사를 하러 가리라. 그렇게 가족 모임 분위기가 만들어지겠지.

나는 테라스에서 안과 마주쳤다. 그녀는 아버지가 있는 해변으로 내려가는 중이었다. 그녀는 전날 술을 많이 마신 사람을 아침에 만날 때 흔히 보이는 냉소적인 태도로 나를 대했다. 나는 그녀에게 전날 밤 내가 잠들기 전에 나에게 하려던 말이 무엇이었는지 물었지만, 안은 그 말을 들으면 내가 발끈할 거라면서 웃으며 대답해주지 않았다. 아버지가 물속에서 나왔다. 넓은 어깨에 근육질 몸매의 그는 내 눈에 정말 멋져 보였다. 나는 안과 수영을 했다. 그녀는 머리카락이 물에 젖지 않도록 머리를 내놓고 조심스럽게 헤엄쳤다. 이윽고 우리 셋은 모래에 배를 깔고 말없이 평화롭게 나란히 엎드렸다. 나는 두 사람 사이에 있었다.

그때였다. 해안 저 끝에서 요트가 돛을 모두 올린 채 모습을 드러냈다. 그것을 먼저 발견한 사람은 아버지였다.

"저 시릴이란 청년이 더 이상은 견딜 수 없었던 모양이네요. 안, 우리 저 친구를 용서해주는 게 어떨까요? 사실 시릴은 괜찮은 청년이에요." 아버지가 웃으며 말했다.

나는 위험을 감지하고 고개를 들었다.

"그런데 시릴이 뭘 하고 있는 거지? 이 해변을 지나쳐 가버리는데. 아! 그런데 저 친구 혼자가 아니잖아……." 아버지가 외쳤다.

이번에는 안이 고개를 들었다. 요트는 우리 앞까지 다가왔다가 방향을 바꾸어 멀어져갔다. 나는 시릴의 얼굴을 알아보았다. 나는 마음속으로 그가 멀리 가주기를 빌었다.

아버지의 외침 소리에 나는 소스라치게 놀랐다. 조금 전부터 이미 그런 일을 예상하고 있었음에도 불구하고.

"그런데…… 그런데 저건 엘자잖아! 저기서 뭘 하고 있는 거지?"

아버지가 안에게로 고개를 돌렸다.

"저 여자 대단하네요! 딱한 청년을 손아귀에 넣고 시릴의 어머니에게 별장에 묵게 해달라고 한 모양인데요."

하지만 안은 아버지의 말을 듣고 있지 않았다. 그녀는 나를 바라보았다. 나는 그녀와 눈길이 마주쳤다가 수치심이 치밀어 모래에 얼굴을 묻었다. 그녀는 한 손을 뻗어 내 목에 올려놓았다.

"나 좀 쳐다봐. 내가 원망스럽니?"

나는 눈을 떴다. 그녀는 불안한 듯한, 거의 애원하는 듯한 표정으로 나를 내려다보고 있었다. 안이 처음으로 나를 감정이 있고 생각할 줄 아는 존재로서 바라보고 있었다. 하필이면 이런 날……. 나는 신음을 내지르고 아버지 쪽으로 고개를 홱 돌리며 안의 손을 떨쳐냈다. 아버지는 문제의 요트를 바라보고 있었다.

"내 가엾은 꼬마 아가씨." 안의 목소리가 다시 들려왔다. 낮은 목소리였다. "가엾은 세실, 이건 어느 정도 내 잘못이야. 내가 그렇게 강경하게 처리해선 안 됐나 봐……. 널 힘들게 할 생각은 없었어. 너도 알지?"

안이 내 머리카락을, 이어 목덜미를 부드럽게 쓸어주었다. 나는 움직이지 않았다. 파도가 밀려나면서 몸 아래에서 모래가 빠져나갈 때와 같은 기분이었다. 완패당하고 싶다는 욕망, 애정을 향한 갈망이 엄습했다. 분노든 욕망이든 어떤 감정이 나를 그 정도로 동요시킨 적이 없었다. 이쯤에서 연극을 그만두고 요즘 내 삶을 털어놓고 세상 마지막 날까지 그녀의 손에 나를 맡기자. 그렇게 강하고 빠르게 무력감을 느끼기는 처음이었다. 나는 눈을 감았다. 마치 심장이 멈춘 것 같았다.

4

아버지는 놀라움 외에는 어떤 감정도 내보이지 않았다. 엘자는 짐가방을 가지러 왔다가 거의 바로 떠났노라고 가정부 아주머니가 이야기했다. 왜 엘자와 내가 이야기를 나누었다는 말을 하지 않았는지는 모르겠다. 아주머니는 그 지방 사람으로 무척 낭만적인 데가 있었다. 우리 집 상황에 대해 상당히 흥미로워하는 게 틀림없었다. 특히 자신이 정리하던 침실의 변화에 대해.

한편 아버지와 안은 후회에 사로잡혀 내게 관심과 배려를 아끼지 않았다. 그런 일은 처음에는 견디기 어려웠지만 얼마 지나지 않아 기분 좋게 여겨졌다. 그리고 요컨대, 아무리 내가 꾸민 일이라고 하더라도 나로서는 온갖 완벽한 조화의 표시를 내보이며 서로의 품에 안겨 있는 시릴과 엘자를 줄곧 마주쳐야 하는 것이 그다지 유쾌하진 않았다. 나는 더 이상 그 요트를 탈 수 없었다. 그 대신 엘자가 요트 위에서 얼마 전의 나처럼 바람에 머리카락을 날리며 지나가는 것을 지켜봐야 했다. 그들과 마주칠 때 부러 딱딱한 태도를 취하거나 짐짓 초연한 척하는 데는 아무 문제도 없었다. 도처에서 그들과 마주치곤 했으니까. 소나무 숲 속에서, 마을에서, 길에서. 그럴 때면 안은 힐끗 나에게 눈길을 던졌고 화제를 돌렸으며 기운을 북돋워주려는 듯 내 어깨에 손을 올려놓았다. 안이 다정한 사람이라는 말을 내가 했던가? 세련된 형태로 드러나는 그 다정함이 그녀의 지성에서 나온 것인지 아니면 그저 무심함에서 나온 것인지는 잘 모르겠다. 하지만 그녀는 언제나 상황에 맞게 적절한 말과 행동을 할 줄 알았다. 그러니 내게 정말로 고통스러운 일이 생긴다면, 그녀만큼 나를 지지해줄 사람은 찾지 못할 터였다.

　나는 별다른 걱정 없이 사태를 되어가는 대로 내버려두었다. 이미 말한 것처럼 아버지는 그 어떤 질투의 표시도 드러내지 않았던 것이다. 그것은 안에게 아버지가 얼마나 전념하는지를 증명하는 동시에, 내 계획의 부질없음을 드러내기도 해서 나는 좀 약이 올랐다. 어느 날 아버지와 내가 우체국으로 들어가는데, 엘자가 우리 앞을 지나갔다. 그녀는 우리를 못 본 모양이었다. 아버지는 마치 모르는 여자를 돌아보듯 엘자를 보며 작게 휘파람을 불었다.

　"네 생각은 어떠니. 저 여자 정말 예뻐졌는걸. 엘자 말이야."

　"사랑을 하면 예뻐지잖아." 내가 대답했다.

　아버지는 내게 놀란 듯한 눈길을 던졌다.

　"차라리 잘됐다는 것 같구나……."

　"뭘 바라. 저 두 사람은 같은 또래인데. 저렇게 된 건 어느 정도 필연적인 일이지."

　"안이 없었다면 결코 필연적인 일이 아니었을 거다."

　아버지는 몹시 화가 나 있었다.

"내가 동의하지 않았다면, 새파란 풋내기 녀석이 내 여자를 채 가는 일 같은 건 상상할 수도 없어……."

"어쨌든 나이는 중요해." 내가 진지하게 말했다.

아버지는 어깨를 으쓱했다. 돌아오는 길에 아버지는 생각에 잠 긴 듯했다. 엘자가 젊다는 것, 그리고 시릴 역시 그렇다는 건 사실이 라는 생각을 하는 것 같았다. 동년배 여자와 결혼함으로써 아버지 는 나이를 잊고 사는 남자들의 대열에서 이탈하는 셈이었다. 의도 치 않게 나는 승리감을 맛보았다. 안의 눈가에 있는 잔주름이나 입 가에 잡힌 희미한 주름을 볼 때면 나는 그런 나 자신이 원망스러웠 다. 하지만 충동을 따르고 뒤이어 후회하는 일은 내게 너무나도 쉬 웠다…….

한 주가 지났다. 일의 진행 상황을 알지 못하는 시릴과 엘자는 분명 매일같이 나를 기다릴 것이었다. 나는 감히 그들을 만나러 갈 수 없었다. 그들은 나에게 갖가지 아이디어를 내도록 할 텐데, 나는 그러고 싶은 마음이 없었다. 게다가 오후마다 나는 이른바 공부를 한다는 명목으로 내 방에 올라가 시간을 보냈다. 사실 나는 방에서 아무것도 하지 않았다. 요가책 한 권을 발견해 진지하게 그것에 열 중했다. 때때로 혼자서 소리 죽여 미친 듯이 킥킥거리기도 했다. 안 이 내 웃음소리를 들을까 봐 걱정스러웠기 때문이다. 사실 나는 안 에게 아주 열심히 공부를 하고 있다고 말했다. 실연의 아픔을 딛고 언젠가는 학사 학위를 받을 수 있으리라는 희망에서 위안을 찾는 역할을 그녀 앞에서 연기했다. 그녀가 그런 나를 높이 평가하고 있 다는 인상을 받고 식탁에서 칸트를 인용하기도 했는데, 그 일은 아 버지를 절망하게 만든 듯했다.

어느 날 오후 나는 평소보다 더 힌두교인에 가까워 보이도록 목욕 타월로 몸을 감싸고 오른발을 왼쪽 허벅지 위에 올려놓고 앉아 거울 속의 내 모습을 지그시 바라보았다. 자기만족에서가 아니라 요가 수행자로서 좀더 높은 단계에 이를 수 있을지도 모른다는 희망에서였다. 그때 노크 소리가 들려왔다. 나는 가정부 아주머니일 거라고 생각했고, 그녀는 뭘 보든 별로 신경 쓰지 않았으므로 들어오라고 소리쳤다.

방으로 들어온 사람은 안이었다. 그녀는 문간에서 한순간 못박힌 듯 움직이지 않더니 미소를 지어 보였다.

"지금 무슨 놀이를 하고 있니?"

"요가예요. 놀이가 아니라 힌두교의 철학이에요." 내가 대답했다.

그녀가 탁자로 다가오더니 책을 집어 들었다. 나는 걱정이 되기 시작했다. 100페이지가 펼쳐져 있었고, 다른 페이지들에는 내 글씨체로 '실행 불가능해' 혹은 '지친다' 같은 구절이 휘갈겨 쓰여 있었다.

"아주 양심적이구나. 네가 우리한테 그렇게 언급한 파스칼에 대한 그 유명한 논문은 어떻게 된 거지?" 안이 물었다.

식탁에서 내가 파스칼에 대해 깊이 생각하고 공부라도 한 듯 즐겨 아는 척했던 것은 사실이다. 물론 나는 그런 논문 같은 것은 시작도 하지 않았다. 나는 움직이지 않았다. 안은 나를 똑바로 쳐다보더니 사태를 깨달은 모양이었다.

"공부는 안 하고 거울 앞에서 우스꽝스러운 동작이나 하는 건 네가 알아서 할 일이지! 하지만 네 아버지와 나에게 거짓말을 하면서 즐거워하는 건 대단히 유감스러운 일이다. 하기야 네가 갑자기 지적인 말과 행동을 해서 이상하다 했지……."

　　그녀는 방을 나갔다. 나는 목욕 타월로 몸을 감싼 채 마비된 듯 움직이지 않았다. 나는 안이 왜 내 말을 '거짓말'이라고 하는지 이해할 수 없었다. 나는 그녀를 기쁘게 하기 위해 논문 이야기를 했는데, 돌연 그녀는 나에게 경멸의 말을 쏟아부었던 것이다. 그즈음 나는 그녀가 내게 새로 보여주는 친절한 태도에 익숙해져 있었으므로, 그렇게 차분하고 모욕적인 경멸에 분노가 솟구쳤다. 나는 수건을 벗어 던지고 바지를 입고 낡은 블라우스를 걸친 다음 집 밖으로 달려 나갔다. 밖은 찌는 듯이 더웠지만 일종의 분노 같은 것에 추동되어 나는 달리기 시작했다. 내가 떳떳하다는 것을 확신할 수 없었던 만큼 내 분노는 더 격렬했다. 나는 시릴의 별장까지 달려가 숨을 헐떡이며 별장 문 앞에서 걸음을 멈추었다. 오후의 열기 속에서 건물들이 이상할 정도로 깊고 조용하고 자신들만의 비밀을 간직하고 있는 듯이 보였다. 나는 시릴의 방까지 올라갔다. 우리가 그의 어머니를 만나러 갔던 날 그가 자기 방을 보여주었던 것이다. 나는 문을 열었다. 시릴이 침대에 가로질러 누워서 팔에 뺨을 대고 잠들어 있었다. 나는 잠시 그를 바라보았다. 처음으로 내 앞에서 무방비 상태로 누워 있는 시릴의 모습을 보자 그가 애처롭게 여겨졌다. 나는 낮은 음성으로 그의 이름을 불렀다. 시릴이 두 눈을 떴다. 나를 보자 그는 즉각 몸을 일으켰다.

　　"네가, 네가 어떻게 여기 있어?"

　　나는 그에게 너무 크게 말하지 말라고 손짓했다. 만약 그의 어머니가 와서 내가 자기 아들 방에 있는 것을 본다면, 그녀는 어쩌면 그런 생각을 할지도……. 그런데 그게 기우가 아니라면……. 나는 두려움이 엄습하는 것을 느끼며 문을 향해 걷기 시작했다.

"어디 가는 거야? 돌아와…… 세실." 시릴이 외쳤다.

그는 내 한쪽 팔을 붙잡더니 웃으면서 나를 끌어당겼다. 나는 몸을 돌리고 그를 바라보았다. 그의 안색이 창백했다. 나 역시 그랬을 것이다. 그는 내 손목을 놓아주었다가 즉각 다시 나를 품에 안고는 자기 쪽으로 끌어당겼다. 나는 혼란스러운 가운데 생각했다. 이일은 일어나게 되어 있었어. 어차피 일어나게 되어 있었다고. 그것은 사랑의 원무였다. 두려움이 욕망에, 부드러움에, 이어 격한 감정에 손을 내어주더니 지독한 통증에 이어 찬란한 쾌감이 찾아왔다. 첫날부터 바로 쾌감을 느끼다니 나는 운이 좋았다―시릴에게는 내게 필요한 부드러움이 있었다.

나는 얼떨떨한 기분으로 놀란 채 그의 곁에 한 시간 정도 머물렀다. 사랑이란 간단한 행위라는 말을 나는 줄곧 들어왔다. 어린 나이로 인한 무지에서 나 스스로 그렇게 말하기도 했다. 하지만 더 이상 사랑에 관해 그렇게는, 그렇게 무심하고 거친 방식으로는 말할 수 없을 것 같았다. 시릴은 내게 몸을 붙인 채 누워 나와 결혼할 거라고, 평생 나와 헤어지지 않을 거라고 중얼거리고 있었다. 내가 아무 반응도 보이지 않자 그는 불안해진 듯했다. 나는 몸을 일으키고 시릴을 바라보며 그를 "내 사랑"이라고 불렀다. 그가 몸을 앞으로 기울였다. 나는 아직도 파닥거리는 그의 목 혈관에 내 입술을 갖다 대고 나직하게 중얼거렸다. "내 사랑, 시릴, 내 사랑." 그 순간 내가 그에게 느낀 감정이 진짜 사랑이었는지 잘 모르겠다―나는 언제나 변덕스러웠고 그 순간의 내가 아닌 다른 어떤 나도 믿지 않는다. 하지만 그 순간 나는 나 자신보다 시릴을 더 사랑한다고 느꼈고, 그를 위해서라면 생명도 내어줄 수 있을 것 같았다. 내가 그의 방에서 나올 때 시릴은 자신을 원망하느냐고 물었고, 그 말에 나는 웃음이 나왔다. 이런 행복을 주었는데 그를 원망하다니……!

　　나는 지치고 얼얼해진 몸으로 소나무 숲을 천천히 가로질러 우리 별장으로 돌아왔다. 시릴에게 혼자 갈 수 있게 해달라고 했다. 그가 나를 데려다주는 것은 너무 위험했다. 누군가 내 얼굴을 보면 눈 아래 그늘에서, 부어오른 입술에서, 내 몸의 떨림에서 반짝이는 쾌락의 징후들을 알아볼 수 있지 않을까 걱정스러웠다. 안이 우리 별장 앞 긴 의자에 앉아 책을 읽고 있었다. 나는 집을 비운 이유를 합리화할 그럴듯한 거짓말을 이미 생각해두고 있었지만, 그녀는 아무것도 묻지 않았다. 안은 결코 그런 질문을 하는 사람이 아니었다. 나는 말없이 그녀 옆에 앉아 우리가 말다툼을 벌였던 일을 떠올렸다. 나는 반쯤 눈을 감고 내 호흡의 리듬과 내 손가락의 떨림에 집중한 채 가만히 앉아 있었다. 이따금 시릴의 몸에 대한 기억, 몇몇 순간에 대한 기억이 내 마음속을 텅 비게 만들었다.

　　나는 탁자에서 담배 한 개비를 집어 들고 성냥을 그었다. 성냥불은 켜지지 않았다. 나는 조심스럽게 두 번째로 성냥을 그었다. 바람이 없었으므로 성냥이 켜지지 않는 건 내 손이 떨리고 있어서였다. 이번에 성냥불은 담배에 닿자마자 바로 꺼지고 말았다. 나는 끙 소리를 내며 세 번째로 성냥개비를 집어 들었다. 그 순간 이유는 모르지만 그 성냥불이 내게 아주 중요한 것처럼 여겨졌다. 안이 갑자기 무관심에서 벗어나 웃음기 없는 얼굴로 나를 주의 깊게 바라보고 있었기 때문일 것이다. 그 순간 배경도 시간도 사라지고 오직 그 성냥개비와 그것을 쥔 내 손가락, 회색 성냥갑과 안의 시선만이 존재하는 것 같았다. 심장이 쿵쿵거리며 뛰기 시작했다. 나는 성냥개비를 쥔 손가락에 힘을 주었다. 성냥에 불이 붙었다. 내가 불붙은 성냥을 향해 허겁지겁 얼굴을 내밀자, 물고 있던 담배가 성냥개비를 덮쳐 불을 꺼뜨리고 말았다. 성냥갑이 바닥에 떨어졌다. 나는 두 눈을 감았다. 무언가를 묻는 듯한 안의 엄격한 눈길이 내게 머물렀다. 나는 누군가 자비를 베풀어 이 기다림을 멈추게 할 뭔가를 해주기를 빌었다. 안의 두 손이 내 얼굴을 들어 올렸다. 나는 그녀가 내 눈에 담긴 진실을 읽게 될까 봐 두려워 눈을 꼭 감았다. 눈에서 피로와 당혹감과 쾌락의 눈물이 흘러나왔다. 이윽고 안은 모든 질문을 포기하겠다는 듯 무심하고 다독여주는 듯한 태도로 내 얼굴에서 두 손을 떼고 나를 놓아주었다. 그런 다음 내 입에 불붙은 담배 한 대를 물려주고는 다시 책을 읽기 시작했다.

나는 그녀의 행동을 상징적인 것으로 해석했다. 아니, 그 행동에 상징적인 의미를 부여하고자 애썼다. 지금도 성냥개비에 불을 붙이다 실패할 때면 나는 그 기묘한 순간을 다시 떠올린다. 내 행동과 나 자신 사이에 놓인 그 간격을, 안의 눈길에 담긴 무게, 그 주위의 공허, 그 공허의 강렬함을······.

5

내가 방금 말한 사건은 전체적인 흐름에서 특정한 의미를 지
녔다. 반응을 보이는 데 아주 신중하고 스스로에게 강한 확신을 지
닌 사람들이 그렇듯이 안은 자신의 원칙과 타협하는 것을 용납하지
않았다. 그런데 그녀가 취한 그 몸짓, 내 얼굴을 힘 있게 들어 올렸
던 손을 부드럽게 푼 것은 그녀에게는 하나의 타협이었다. 그녀는 뭔
가를 눈치챘다. 따라서 그것이 무엇인지 내게 털어놓게 할 수 있었
는데 마지막 순간 연민인지 무관심인지 모를 감정에 굴복하고 말았
다. 그녀는 내 과오를 받아들이고 나를 돌보고 훈육하는 데 어려움
을 느끼고 있었기 때문이다. 그녀에게 이렇게 보호자이자 교사로서
의 역할을 맡게 한 것은 그녀 자신의 의무감이었다. 아버지와 결혼
함으로써 나까지 책임지게 되었던 것이다. 이렇게 말해도 된다면, 나
에 대한 그녀의 그 끊임없는 불만이 단순한 거슬림이나 좀더 표면
적인 감정에서 나온 것이었다면 나았을 것이다. 습관이 이내 극복하
게 해주었을 테니까. 고쳐주려는 의무감을 갖지 않으면 타인의 결점

에 적응할 수 있다. 의무감을 느끼지 않았다면 여섯 달쯤 시간이 흐른 후 그녀는 나에 대해 싫증만을, 애정이 담긴 싫증만을 느꼈을 것이다. 그리고 그것이야말로 내게 필요한 것이었으리라. 하지만 안은 싫증 낼 수 없었을 것이다. 자신이 나에 대해 책임이 있다고 느꼈고, 어떤 면에서는 사실 그러했으므로. 왜냐하면 나는 더 본질적으로는 고분고분했으니까. 고분고분하고 고집이 셌으므로.

안은 자신이 타협한 일을 마뜩잖게 생각했고 나에게 그 사실을 느끼게 했다. 며칠 후 저녁 식사 시간에 또다시 휴가 동안의 참기 어려운 공부를 두고 토론의 수위가 높아졌다. 내가 좀 지나치게 버릇없이 행동하자, 이번에는 아버지가 화를 내고, 결국 안이 내 방문을 밖에서 잠그는 일이 벌어졌다. 이 모든 일이 언성 하나 높이지 않고 일어났다. 나는 그녀가 내 방문을 밖에서 잠갔다는 것을 몰랐다. 목이 말라 물을 가지러 가기 위해 방문을 열려고 하다가 그제야 문이 밖에서 잠겼다는 사실을 알았다. 나는 평생 갇혀본 적이 없었다. 공포가 엄습했다. 진짜 공포였다. 나는 창문으로 달려갔으나 밖으로 나갈 방법을 찾을 수가 없었다. 나는 정말이지 겁에 질려서는 몸을 돌려 다시 방문에 몸을 던졌다. 어깨가 몹시 아팠다. 나는 이를 악문 채 잠긴 문을 열려고 애썼다. 소리를 질러 누군가가 와서 문을 열게 하고 싶지는 않았다. 열쇠 구멍에 손톱깎이를 넣어보았다. 결국 나는 아무런 성과도 거두지 못한 채 방 한가운데에 꼼짝도 하지 않고 섰다. 손가락 하나 까딱하지 않고, 생각이 분명해짐에 따라 내 안에서 올라오는 조용하고 차분한 그 무엇에 주의를 기울였다. 내가 잔인성과 처음으로 조우한 것은 바로 그때였다. 나는 잔인함이 내 안에서 뭉치는 것을, 계획을 세워감에 따라 점점 단단해지는 것을 느꼈다. 나는 침대 위에 길게 누워 꼼꼼하게 계획을 세우기 시작했다. 내 분노의 정도가 그 원인에 비해 어찌나 과도했던지, 그날 오후 나는 바로 그 이유 때문에 화가 났음에도 문이 밖에서 잠겼다는 사실을 까맣게 잊고 두세 차례 자리에서 일어나 방을 나가려고 하다가 문이 열리지 않아 깜짝 놀라기까지 했다.

6시가 되자 아버지가 와서 방문을 열어주었다. 방 안으로 들어오는 아버지를 보고 나는 기계적으로 몸을 일으켰다. 아버지는 아무 말도 하지 않고 나를 바라보았고 나는 아버지에게 역시 기계적으로 미소를 지어 보였다.

"우리 얘기 좀 할까?" 아버지가 물었다.

"뭐에 대해서? 아버지는 이런 걸 몹시 싫어하고 나도 그래. 이런 일은 아무런 도움이 되지 않는다고……" 내가 말했다.

"사실 그렇다." 아버지는 한시름 던 듯했다. "넌 안에게 좀 친절하게 굴고, 참아줘."

나는 깜짝 놀랐다. 내가 안을 참아줘야 한다니……. 아버지는 본말을 혼동하고 있었다. 요컨대 아버지는 자기 딸이 안을 받아들여줘야 한다고 여기고 있었다. 사실은 그 정반대인데. 아직 희망을 가져도 좋았다.

"내가 퉁명스럽게 굴었어. 안에게 사과할게." 내가 말했다.

"넌…… 그러니까…… 행복하니?"

"그럼. 그리고 안과 잘 지내지 못하면 내가 결혼을 좀 일찍 하면 되잖아." 내가 가벼운 어조로 말했다.

나는 이런 해결책이 아버지를 고통스럽게 만들기에 충분하다는 사실을 알고 있었다.

"그건 고려 사항이 못 돼. 넌 계모의 구박을 받는 백설공주가 아니야……. 그렇게 빨리 이 아버지 곁을 떠나는 게 넌 괜찮다는 거야? 우리는 겨우 2년밖에 함께 살지 못했잖아."

그런 생각은 아버지만큼이나 나도 견디기 힘들었다. 나는 아버지에게 기대어 눈물을 흘리고, 잃어버린 행복과 격한 감정을 털어놓는 장면을 눈앞에 떠올렸다. 하지만 아버지를 공범으로 만들 수는 없었다.

"내가 과장하는 거야. 안과 나는 실제로는 잘 통해. 서로 양보만 한다면……."

"그래, 물론이야." 아버지가 대답했다.

내가 그렇게 생각했던 것처럼 아버지 역시 그 양보가 상호적이 아니라 오직 내 편에서만 해야 하는 것이라고 생각했으리라.

"안이 언제나 옳다는 걸 잘 알고 있어. 안의 삶이 우리 삶보다 훨씬 성공적이고 훨씬 의미가 있다는 걸……." 내가 말했다.

아버지는 무심결에 살짝 반대하는 몸짓을 했지만 나는 무시했다.

"……이제부터 한두 달 내로 난 안의 계획을 완벽하게 소화해 낼 거야. 우리 사이에 더 이상 어리석은 언쟁 같은 건 없을 거고. 그저 참을성이 좀 필요한 거지."

아버지는 눈에 보이게 어리둥절해하며 나를 바라보았다. 그는 또한 불안해하고 있었다. 그는 자유분방한 미래에 대한 공모자를 잃었을 뿐 아니라 과거 또한 얼마간 잃어버린 셈이었다.

"사태를 지나치게 과장할 필요는 없어. 내가 너를 네 나이에 어울리지 않는…… 그렇다고 내 나이에 어울리는 것도 아닌 삶을 살게 한 것은 인정하지만, 그런 삶이 꼭 어리석거나 불행했던 건 아니다…… 아니고말고. 요컨대 우리는 2년 동안 그렇게…… 그러니까…… 그렇게 불행하지는 않았잖니. 그렇게 정상에서 벗어난 것도 아니었고. 안이 좀 다른 생각을 갖고 있다고 해서 그렇게 우리의 모든 걸 부정할 필요는 없어." 아버지가 기운 없는 목소리로 말했다.

"부정할 필요는 없지만 청산할 필요는 있지." 내가 힘주어 말했다.

"당연히 그래야겠지." 아버지가 맥없이 대답했다. 우리는 아래층으로 내려왔다.

나는 전혀 거북해하지 않고 안에게 사과했다. 안은 나에게 사과 같은 건 할 필요가 없다고, 우리가 말다툼한 건 날씨가 너무 더워서라고 말했다. 나는 초연하고 유쾌한 기분을 느꼈다.

나는 약속대로 소나무 숲에서 시릴을 만나 그에게 해야 할 일을 말해주었다. 그는 우려와 감탄이 뒤섞인 표정으로 내 이야기를 들었다. 그런 다음 그는 나를 품에 안았지만, 너무 늦은 시각이라 나는 곧 별장으로 돌아가야 했다. 그와 헤어지기가 어찌나 힘들던지 나는 놀라지 않을 수 없었다. 그가 나를 보내지 않으려고 했다면, 나는 돌아가지 않았을 것이다. 내 몸은 그를 기억했고, 본래의 자신이 되었으며 그와 몸을 맞대자 활짝 피어났다. 나는 그와 열정적으로 키스했다. 그를 아프게 하고 싶었고 그날 저녁 한순간도 나를 잊지 못하도록, 밤새 내 꿈을 꾸도록 그에게 흔적을 남기고 싶었다. 그 없이, 내 몸에 몸을 맞댄 그 없이, 그의 능숙한 기교 없이, 그의 갑작스러운 격정 없이, 그의 긴 애무 없이 보내는 밤은 끝없이 길게 느껴질 것이므로.

6

다음 날 아침 나는 함께 산책을 가자고 아버지를 이끌었다. 우리는 사소한 것들에 관해 유쾌하게 이야기를 나누었다. 별장으로 돌아오면서 나는 아버지에게 소나무 숲을 통해 가자고 제안했다. 정확히 10시 반, 내가 계획한 시각이었다. 아버지가 나보다 앞서 걸었다. 그 길은 좁고 가시덤불로 가득 차 있어서 내가 다리를 긁히지 않으려면 아버지가 길을 내주어야 했던 것이다. 앞서가던 아버지가 갑자기 걸음을 멈추는 것을 보고 그가 그들을 보았다는 것을 알 수 있었다. 나는 아버지 옆으로 다가가 섰다. 시릴과 엘자가 솔잎 위에 나란히 누워 전원의 행복을 만끽한 티를 온몸으로 내보이며 자고 있었다. 내가 두 사람에게 제안한 바로 그대로였지만, 막상 그런 모습을 대하자 가슴이 찢겨나가는 것 같았다. 엘자는 우리 아버지를 사랑하고 시릴은 나를 사랑하고 있다고 해도, 그 순간 두 사람 다 젊고 아름다우며 그렇게 몸을 맞대고 있다는 사실을 부정할 수가 없었다……. 나는 아버지를 힐끗 쳐다보았다. 아버지는 꼼짝도 하지 않고 서서 넋이 나간 듯 몹시 창백한 안색으로 그들을 뚫어져라 바라보았다. 내가 아버지의 팔을 잡았다.

"깨우지 않는 게 좋겠어. 우리 가요."

자리를 뜨기 전 아버지는 엘자에게 마지막으로 눈길을 던졌다. 엘자는 젊음이 넘치는 아름다운 모습으로 누워 있었다. 피부는 황금빛이고 머리카락은 적갈색이었으며 입가에는 마침내 사랑의 포로가 된 젊은 님프의 미소 같은 가벼운 미소가 어려 있었다……. 아버지는 발길을 돌리더니 성큼성큼 걷기 시작했다.

"못된 계집애, 못된 계집애 같으니!" 아버지가 중얼거렸다.

"왜 그런 말을 해? 엘자는 지금 자유잖아, 안 그래?"

"그런 얘기가 아니잖아! 넌 시릴이 저 여자 품에 안겨 있는 걸 보고도 기분이 좋단 말이냐?"

"난 이제 더 이상 시릴을 사랑하지 않아." 내가 대답했다.

"나 역시 그래. 난 엘자를 사랑하지 않아. 하지만 어쨌든 무심할 수는 없다. 나는, 그러니까…… 저 여자와 함께 살았단 말이야! 더 참기 힘들어……." 아버지가 격노해서 소리쳤다.

나는 그 말이 무슨 뜻인지 알았다. 더 참기 힘든 일이었다! 아버지는 분명 내가 느끼는 것과 똑같은 욕망을 느끼고 있었다. 달려가 두 사람을 떼어놓고 자신의 소유를, 아니, 한때 자기 소유이던 것을 되찾고 싶은 욕망을.

"안이 아버지 말을 들으면 어떻겠어……!"

"뭐라고? 안이 내 말을 듣는다면 어떻겠느냐고……? 물론 안은 이해하지 못하겠지. 아니면 충격을 받겠지. 그게 정상이야. 하지만 넌? 넌 내 딸 아니니, 안 그러니? 넌 이제 더 이상 나를 이해 못 하니? 너한테도 내가 충격적이니?"

아버지의 생각을 조종하는 것이 어찌나 손쉬웠던지. 내가 아버지를 너무 잘 알고 있다는 사실에 조금 겁이 나기까지 했다.

"내게는 충격적이지 않아. 하지만 사태를 직시해야 돼. 엘자는 쉽게 잊는 부류야. 시릴이 그녀 마음에 들었고. 그녀는 아버지에게 차였어. 무엇보다도 아버지가 엘자에게 그런 짓을 한 다음이잖아. 그건 쉽게 용서할 수 없는 일이야⋯⋯." 내가 말했다.

"만약 내가 하려고만 하면⋯⋯." 아버지는 말을 시작했다가 잇기가 두려운 듯 입을 다물었다.

"아버지는 해낼 수 없을 거야." 아버지가 엘자를 되찾을 가능성을 논하는 것이 당연하다는 듯이 내가 자신 있게 말했다.

"그런 뜻으로 말한 건 아니었다." 아버지가 이성을 되찾고 말했다.

"물론 그렇지." 내가 어깨를 으쓱하며 대답했다.

그 동작에는 이런 의미가 들어 있었다. '불가능해, 가엾은 아버지. 아버지는 경쟁에서 밀린 거야.' 아버지는 별장에 도착할 때까지 침묵을 지켰다. 집 안으로 들어오자 아버지는 안을 품에 안고 두 눈을 감은 채 잠시 움직이지 않았다. 안은 조금 놀란 듯 미소를 지으며 몸을 내맡겼다. 나는 거실을 나와 복도 벽에 몸을 기댄 채 수치심으로 몸을 떨었다.

2시, 나는 시릴이 아주 작게 낸 휘파람 소리를 듣고 해변으로 내려갔다. 그는 즉각 나를 요트에 태우고 먼바다로 나갔다. 바다는 비어 있었다. 강렬한 태양 때문에 아무도 건물 밖으로 나올 생각을 하지 않았다. 일단 먼바다로 나오자 시릴은 돛을 내리고 내 쪽으로 몸을 돌렸다. 우리는 거의 아무 말도 나누지 않았다.

"오늘 아침……." 시릴이 입을 열었다.

"아무 말도 하지 마, 오, 아무 말도……." 내가 말했다.

그는 나를 방수포 위에 부드럽게 쓰러뜨렸다. 우리는 온몸이 흠뻑 젖은 채 땀을 줄줄 흘렸으며 서투르고 서둘렀다. 우리의 몸 아래서 배가 규칙적으로 흔들렸다. 나는 내 눈 바로 위에 떠 있는 태양을 바라보았다. 갑자기 시릴의 부드럽고도 긴박한 속삭임이 들려왔다……. 태양이 하늘에서 떨어져나와 파열하면서 내 몸 위로 떨어져 내렸다. 그곳이 어디였던가? 바다 밑바닥, 시간의 안쪽, 쾌락의 극단……. 나는 소리 내어 시릴의 이름을 불렀지만 그는 대답하지 않았다. 그는 내 부름에 대답할 필요가 없었다.

이어 바닷물의 시원함. 우리는 감사하는 마음으로 나른하게 늘어진 채 햇빛에 눈을 찡그리며 함께 웃음을 터뜨렸다. 우리에겐 태양과 바다, 웃음과 사랑이 있었다. 두려움과 그 외의 회환으로 인해 더 빛나고 더 강렬했던, 그 여름 같은 태양과 바다, 웃음과 사랑을 우리가 다시 경험할 수 있을까……?

나는 사랑의 행위를 생각하면서 그것이 가져다준 현실적이고 육체적인 쾌감 외에도 일종의 지적인 쾌감을 느꼈다. 프랑스어에서 '페르 라무르²'라는 말은 각 단어의 의미에서 떨어져 나오며, 지극히 음성언어적인, 그 자체의 매력을 띤다. '페르'라는 물리적이고 실증적인 단어가 '아무르'라는 단어의 시적 추상성과 결합되어 나를 매혹

---

2   faire l'amour. '성행위를 하다'라는 뜻의 관용구. '페르(faire)'는 '하다', '아무르(amour)'는 '사랑'을 뜻한다.

했다. 이전에 나는 아무런 부끄러움 없이, 아무런 거리낌 없이, 그 풍미를 알아채지 못한 채 그 말을 해왔다. 하지만 이제는 그 말을 입에 올리면서 수줍음 비슷한 감정을 느꼈다. 아버지가 안을 뚫어지게 응시할 때나, 안의 새로운 웃음소리, 아버지와 나의 안색을 창백하게 만들고 창문으로 시선을 돌리게 만드는 외설적인 낮은 웃음을 터뜨릴 때면 나는 눈을 내리깔았다. 우리가 안에게 그녀의 웃음소리가 어떤지 알려주었다고 해도 그녀는 우리의 말을 믿지 않았을 것이다. 그녀는 아버지의 애인으로서가 아니라 친구로서, 다정한 친구로서 처신했다. 하지만 밤에는 물론……. 나는 그런 생각을 나 자신에게 허용하지 않았다. 나는 나를 혼란스럽게 만드는 그런 생각이 정말 싫었다.

　며칠이 지났다. 나는 안과 아버지와 엘자를 어느 정도 잊고 지냈다. 사랑은 내가 두 눈을 멀쩡히 뜨고도 꿈속에 살게 해주었다. 나는 다사롭고 평온한 기분에 잠겨 있었다. 시릴은 나에게 아기를 가질까 걱정되지 않는지 물었다. 나는 그 점에 대해 모든 걸 그에게 맡긴다고 대답했다. 그는 그게 당연하다고 여기는 듯했다. 어쩌면 바로 그런 이유에서 나는 그리 쉽게 그한테 몸을 맡겼는지도 몰랐다. 왜냐하면 그는 나에게 책임을 전가하지 않을 것이므로. 내가 아기를 갖는다면, 책임질 사람은 바로 그였다. 그에게는 내게 없는 책임감이 있었다. 게다가 당시 나는 나처럼 여위고 뻣뻣한 몸으로는 쉽게 임신이 되지 않을 거라고 생각했다……. 그때만큼은 어린아이 같은 내 몸매가 다행스럽게 여겨졌다.

　한편 엘자는 조바심을 내며 나에게 끊임없이 질문을 해댔다. 나는 엘자나 시릴과 함께 있는 장면이 다른 사람 눈에 띌까 봐 늘 불안했다. 엘자는 아버지가 가는 곳이면 어디든 가려고 노력했으므로 도처에서 그와 마주쳤다. 이제 그녀는 머릿속으로 승리를 상상하며 기뻐했다. 그녀의 말에 따르면 충동을 억누르는 모습을 숨기지 못하는 아버지를 봤다는 것이다. 나는 직업상 사랑이 곧 돈이던 이 젊은 여자가, 서둘러대는 남자들에게 익숙한 그녀가 상대의 표정 하나, 몸짓 하나 같은 세세한 것에 그토록 흥분할 수 있다는 데, 그토록 낭만적으로 될 수 있다는 데 놀랐다. 실제로 미묘한 역할에 익숙지 않았던 만큼, 엘자에게는 아버지 앞에서 그녀가 연기하는 역할이 극도로 세련되고 심리적으로 계산된 것으로 여겨지는 듯했다.

아버지가 엘자에 대한 생각을 점점 더 많이 하게 되었어도 안은 눈치채지 못한 것 같았다. 아버지가 오히려 안에게 그 어느 때보다도 더 깊은 애정과 열정을 보여주었기 때문이다. 나는 그런 아버지를 보고 덜컥 겁이 났다. 내가 보기에 그런 태도는 무의식적인 양심의 가책에서 나온 듯했다. 중요한 사실은 앞으로 삼 주 남짓 남은 휴가 동안 아무 일도 일어나지 말아야 한다는 것이었다. 우리는 파리로 돌아가고, 엘자는 제 갈 길을 가고, 아버지와 안의 결정이 여전히 유효하다면 그들은 결혼할 터였다. 파리에는 시릴이 있고, 여기에서 내가 그를 사랑하는 것을 막지 못한 것처럼 파리에서도 안은 내가 그와 만나는 것을 막을 수 없을 터였다. 시릴은 파리에 자기 어머니 집에서 멀리 떨어진 지역에 방을 하나 갖고 있었다. 나는 벌써 상상할 수 있었다. 푸른빛과 장밋빛이 뒤섞인, 파리의 그 특별한 하늘로 열린 창문을, 발코니 난간 위에서 구구거리는 비둘기의 울음소리를, 그리고 좁은 침대 위에 누운 시릴과 나를⋯⋯.

7

그로부터 며칠 후 아버지는 한 친구로부터 생라파엘에서 만나 술 한잔하자는 전갈을 받았다. 아버지는 당시 우리가 지내는 상태, 자발적인 동시에 조금쯤 불가피한 고립 상태로부터 잠시나마 벗어날 수 있다는 데에 기뻐하며 우리에게 즉각 그 소식을 알렸다. 나는 엘자와 시릴에게 우리가 7시에 솔레유 바에 있을 것이라고, 원한다면 그곳으로 오라고 말했다. 얄궂게도 엘자는 아버지의 친구를 알고 있었고, 그래서 더 가고 싶어 했다. 나는 복잡한 문제가 생길 것을 우려해 그녀를 말려보았지만 소용없었다.

"샤를 웨브는 날 무척 좋아해. 그가 나를 보고 어떤 반응을 보이는지 레몽이 본다면 내게 돌아오고 싶은 욕구가 더 강해질 거야." 엘자가 어린아이처럼 단순한 표정을 지으며 말했다.

시릴은 생라파엘에 가든 말든 상관이 없는 듯했다. 그에게는 내가 있는 곳에 있는 것이 중요했다. 나는 그의 눈길에서 그 사실을 읽었고 우쭐하지 않을 수 없었다.

그리하여 그날 오후 6시경 우리는 자동차로 출발했다. 안이 자기 차로 우리를 데려갔다. 나는 안의 차가 좋았다. 그 육중한 미국산 컨버터블은 그녀의 취향보다는 그녀의 일을 홍보하는 데 더 적당한 듯했다. 번쩍거리는 장식에, 엔진음은 조용해서 외부와 차단된 듯한 느낌을 주며 커브를 돌 때면 차체가 한쪽으로 쏠리는 그 차는 내 취향에 딱 맞았다. 게다가 우리 셋은 모두 앞좌석에 앉았는데, 나로서는 그 어느 곳에서도 누군가와 그렇게 강한 친밀감을 느낀 적이 없었다. 셋 모두 팔꿈치를 맞대고 앞좌석에 조금 비좁게 끼어 앉아 속도와 바람이 주는 즐거움을 똑같이 느꼈다. 어쩌면 죽음의 위험까지도 똑같이. 우리가 곧 이루게 될 가정에서 그녀가 차지할 위치를 상징하듯 안이 운전을 했다. 칸에 간 날 이후 처음으로 그 차를 탄 나는 그때 일을 떠올리며 생각에 잠겼다.

솔레유 바에서 우리는 샤를 웨브와 그의 아내를 만났다. 샤를 웨브는 연극 홍보 일을 하고 있었다. 그의 아내는 그가 벌어들이는 돈을 미친 듯한 속도로 젊은 사내들에게 탕진했다. 수입과 지출의 균형을 맞추어야 한다는 강박에 사로잡혀 있던 웨브는 끊임없이 돈 되는 일을 찾아다녔다. 그런 이유에서 그는 불안정하고 늘 서두르는 성향이 있어서, 좀 품위 없게 여겨졌다. 그는 오랫동안 엘자의 애인이었는데, 엘자가 그 미모에도 불구하고 특별히 탐욕스럽지 않다는 점이 마음에 들었던 모양이다.

웨브의 아내는 심술궂은 여자였다. 안은 그녀와 초면이었는데, 얼마 지나지 않아 나는 안의 아름다운 얼굴에 사교계 사람들과 어울릴 때 흔히 나타나는, 예의 그 경멸과 비웃음이 떠오르는 것을 보았다. 샤를 웨브는 언제나처럼 수다스럽게 말을 늘어놓으면서 안에게 궁금해하는 눈길을 던졌다. 그녀가 바람둥이 레몽과 그의 딸 옆에서 뭘 하고 있는지 의아해하는 기색이 역력했다. 나는 그가 곧 알게 될 사실을 머릿속에 떠올리고 으쓱해지는 기분이었다. 아버지가 숨을 고르고는 그에게로 조금 몸을 기울이더니 불쑥 선언하듯 말했다.

"한 가지 소식이 있어, 친구. 안과 난 10월 5일에 결혼해."

웨브는 완전히 얼빠진 표정으로 두 사람을 차례로 바라보았다. 나는 속으로 쾌재를 불렀다. 그의 아내 역시 당혹스러운 듯했다. 그녀는 내내 아버지에게 호감을 가져왔던 것이다.

"정말 축하해…… 진짜 멋진 생각이군! 친애하는 부인, 이런 불량배를 거둬주시다니 정말 훌륭하십니다……! 웨이터……! 우리 이 일을 축하해야 해요." 이윽고 웨브가 우렁차게 말했다.

안은 차분하고 편안한 태도로 미소를 지었다. 그때였다. 갑자기 웨브의 얼굴이 환하게 밝아지는 것이 보였다. 나는 돌아보지 않았다.

"엘자! 맙소사, 저건 엘자 마켄부르잖아. 나를 못 본 모양이군. 레몽, 자네 봤나, 저 아가씨가 얼마나 예뻐졌는지……?"

"왜 모르겠어." 아버지가 그녀의 주인이라도 되는 것처럼 흐뭇한 어조로 대답했다.

다음 순간 아버지는 사태를 깨닫고 표정을 바꾸었다.

안이 아버지의 억양을 눈치채지 못했을 리 없었다. 그녀는 재빨리 아버지에게서 시선을 돌려 나를 바라보았다. 안이 무슨 말이든 하려고 입을 열었을 때, 나는 그녀에게로 몸을 기울였다.

"안, 당신의 우아한 모습에 주변 사람들이 모두 놀라네요. 저기 저 남자가 당신에게서 눈을 못 떼고 있어요."

나는 그 말을 은밀하게, 그러나 아버지에게 들릴 만한 소리로 말했다. 아버지는 그 말을 듣자마자 홱 하고 고개를 돌려 문제의 사내를 보았다.

"이거 마음에 안 드는걸." 아버지는 안의 손을 잡았다.

"두 분 정말 좋아 보여요! 샤를, 당신은 사랑에 빠진 저 두 분을 방해하지 말았어야 해. 귀여운 세실만 초대해도 충분했어." 웨브 부인이 비꼬는 투로 말했다.

"그랬다면 귀여운 세실은 여기 오지 않았을 거예요." 내가 통명스럽게 응수했다.

"왜? 거기 어부들 중에 애인이라도 있는 거니?"

언젠가 내가 벤치에 앉아 버스 검표원과 이야기하는 장면을 본 이후로 그녀는 나를 격 떨어지는 여자로 취급했다. '격 떨어지는 여자'란 그녀의 표현이었다.

"예, 그래요." 나는 짐짓 명랑하게 대답했다.

"그래서 많이 낚은 거야?"

가장 지독한 것은 그 여자가 자신의 이야기가 재미있다고 생각한다는 사실이었다. 나는 점차 화가 치밀어 오르는 것을 느꼈다.

"고등어[3]가 전문은 아니지만 낚시질은 해요." 내가 대답했다.

침묵이 흘렀다. 평소처럼 침착하지만 조금 높아진 안의 목소리가 들려왔다.

---

3 '고등어'를 뜻하는 프랑스어 'maquereau'에는 '포주, 뚜쟁이, 기둥서방'
  이라는 의미도 있다.

"레몽, 종업원에게 빨대 하나 갖다달라고 해줄래요? 오렌지주스를 마시려면 꼭 필요하거든요."

샤를 웨브가 재빨리 청량음료에 관한 이야기로 대화를 이었다. 아버지가 요란하게 웃었다. 나는 그가 자기 방식대로 술을 마시며 생각에 잠기는 것을 보았다. 안이 나에게 사정하는 눈길을 던졌다. 우리는 모두 함께 저녁 식사를 하기로 지체 없이 결정했다. 가까스로 싸움을 피한 사람들이 흔히 그러듯이.

저녁 식사 동안 나는 술을 많이 마셨다. 안이 아버지를 지그시 바라보며 짓는 불안한 표정, 나를 바라보는 눈길에 어렴풋이 담아내는 고마워하는 듯한 표정을 잊을 필요가 있었다. 웨브 부인이 나에게 독설을 던지면 나는 즉각 미소로 응수했다. 이 전략은 그녀를 당황하게 만들었다. 그녀는 이내 공격적으로 변했다. 안은 상대하지 말라고 나에게 손짓했다. 안은 사람들 앞에서 소란 피우는 걸 몹시 싫어했는데, 웨브 부인이 소동을 일으킬 만반의 준비가 되어 있음을 느꼈던 것이다. 하지만 나는 그런 일에 익숙했다. 우리가 속한 사교계 모임에서는 흔한 일이었다. 그래서 나는 그녀의 이야기를 들으면서도 전혀 긴장하지 않았다.

식사를 마친 다음 우리는 생라파엘의 나이트클럽으로 갔다. 얼마 지나지 않아 엘자와 시릴이 들어왔다. 엘자는 클럽 출입구 앞에서 걸음을 멈추고 의류 보관소의 부인에게 큰 소리로 무어라 말한 다음 가엾은 시릴을 대동하고 홀 안으로 들어왔다. 나는 그녀의 품새가 시릴의 연인이라기보다는 유흥업계 여자 쪽에 더 가까워 보인다고 생각했다. 하지만 그 정도로 그녀가 예쁜 것도 사실이었다.

"저 풋내기 청년은 누구야? 정말 젊군." 샤를 웨브가 물었다.

"저건 사랑이야. 사랑이 그를 빛나게 한 거지……." 그의 아내가 중얼거렸다.

"천만에요! 저건 한때의 열정에 지나지 않아요, 그럼요." 아버지가 거칠게 응수했다.

나는 안을 바라보았다. 안은 마치 자신이 디자인한 의상을 입은 모델이나 아주 어린 여자를 보듯이 차분하고 초연한 눈길로 엘자를 바라보고 있었다. 신랄함 같은 것은 찾아볼 수 없었다. 한순간 나는 질투심이나 옹졸함을 전혀 보이지 않는 안에게 크게 감탄했다. 사실 그녀로서는 엘자를 질투해야 할 이유가 없었다. 그녀는 엘자보다 백배 더 아름다웠고 더 세련된 사람이었다. 나는 술에 취해 있었으므로 안에게 그렇게 말했다. 안은 호기심 어린 눈길로 나를 바라보았다.

"내가 엘자보다 아름답다고? 넌 그렇게 생각하니?"

"그렇고말고요."

"그런 말은 언제나 듣기 좋구나. 하지만 넌 또 너무 많이 마시고 있어. 잔을 이리 주렴. 넌 저기 있는 네 시릴을 보면서도 그렇게까지 속상한 것 같지 않네. 그런데 저 청년은 지루해하는 것 같아."

"시릴은 내 연인이에요." 내가 밝은 어조로 말했다.

"너 완전히 취했구나! 다행히 이제 돌아갈 시간이네!"

우리는 한시름 던 기분으로 웨브 부부와 헤어졌다. 나는 웨브 부인에게 일부러 정중하게 "친애하는 부인"이라고 했다. 아버지가 운전대를 잡았다. 내 고개가 안의 어깨 위에서 이리저리 흔들렸다.

나는 안이 웨브 부부보다, 우리가 보통 만나던 그 모든 사람보다 더 낫다고 생각했다. 안은 그들보다 더 훌륭하고 품위 있고 지적이었다. 아버지는 거의 말을 하지 않았다. 엘자가 그곳에 나타났을 때의 모습을 떠올리고 있는 게 분명했다.

"세실은 자나요?" 아버지가 안에게 물었다.

"어린아이처럼 자네요. 세실은 오늘 그런대로 잘 처신했어요. '고등어' 비유만 빼고. 그건 좀 너무 직접적이었죠……."

아버지가 웃기 시작했다. 이윽고 침묵이 흘렀다. 이어 내 귀에 또다시 아버지의 목소리가 들려왔다.

"안, 당신을 사랑해요. 난 당신만을 사랑해요. 그거 믿죠?"

"그 말 너무 자주 하지 마세요. 겁난단 말이에요……."

"손 이리 줘봐요."

하마터면 나는 고개를 들고 항의할 뻔했다. '안 돼요. 절벽 위를 지날 때는 그래선 안 된다고요.' 하지만 난 좀 취해 있었고 내게는 침묵해야 할, 행복해야 할 이유들이 있었다. 안의 향수 냄새, 머리카락 속으로 스며드는 바닷바람, 우리가 사랑을 나누는 동안 시릴이 내 어깨에 내놓은 작은 상처 같은 것들이. 나는 잠이 오기 시작했다. 그 시각 엘자와 가엾은 시릴은 그의 어머니가 지난 생일에 사준 오토바이를 타고 힘들게 차도를 달리고 있을 터였다. 그 모습을 떠올리자 이유는 모르지만 눈물이 날 정도로 감동이 밀려왔다. 이 자동차 안은 이렇게 편안하고 승차감 좋고 잠자기에 적당한데……. 잠이라, 웨브 부인은 지금 이 순간 잠을 이루지 못하고 있겠지! 그 여자 나이가 되면 나 역시 사랑의 대가로 젊은 남자들에게 돈을 지불하겠지. 사랑이야말로 가장 달콤하고 가장 짜릿하고 가장 타당한 것이니까. 그러므로 돈을 지불한다는 것은 중요하지 않다. 중요한 건 웨브 부인이 엘자와 안에게 그랬던 것처럼 누군가를 시샘하

거나 심술궂게 대해서는 안 된다는 사실이다. 나는 소리 죽여 웃기
시작했다. 안은 어깨를 조금 더 기울였다. "자렴." 그녀가 아이에게
하듯 말했다. 나는 잠 속으로 빠져들어갔다.

8

다음 날 나는 아주 상쾌하게 잠에서 깼다. 피로감이 약간 남아 있었고 과음으로 목덜미가 약간 욱신거렸을 뿐이다. 아침이면 늘 그렇듯이 햇빛이 내 침대 위에 넘실거렸다. 나는 시트를 젖히고 잠옷 윗도리를 벗고 맨등을 햇빛에 드러냈다. 한쪽 팔을 접어 그 위에 뺨을 댄 채 가깝게는 시트 직물의 거친 결을, 그 너머로는 바닥 위에서 머뭇거리고 있는 파리 한 마리를 바라보았다. 햇볕은 부드럽고도 뜨거웠다. 피부 아래 뼈마디를 펴주고, 내 몸을 따뜻하게 해주기 위해 특별한 수고라도 하고 있는 것 같았다. 나는 아침나절을 그런 식으로 침대에서 움직이지 않고 보내기로 마음먹었다.

어젯밤 일이 차츰차츰 기억 속에 되살아났다. 안에게 시릴이 내 연인이라고 말한 것이 떠오르자 웃음이 나왔다. 사람이 술에 취하면 진실을 말하는데 아무도 그 말을 믿지 않는다. 또 웨브 부인과 그녀와의 언쟁도 기억났다. 나는 그런 여자들에게 익숙했다. 그런 사교 모임에서 만나는 그 나이대의 여자들은 무위도식으로 인해, 그리고 삶에 대한 욕망 때문에 가증스러운 존재가 되는 경우가 종종 있었다. 안의 침착함을 보자니 평소보다 훨씬 더 웨브 부인이 정신적으로 불안하고 짜증 나는 존재로 여겨졌다. 사실 예상했던 일이다. 아버지와 친구로 지내는 여자들 중에서 안과 견주어 오래 버틸 사람을 찾아내기는 어려울 터였다. 그런 사람들과 유쾌한 저녁을 보내기 위해서는 조금쯤 술에 취해서 그들과 논쟁을 벌이며 즐기든가, 아니면 부부 중 어느 한쪽과 친밀한 관계가 되든가 해야 했다. 아버지에게는 후자가 더 간단한 방법이었다. 샤를 웨브와 아버지는 난봉꾼들이었으므로. "오늘 밤 내가 누구와 식사를 하고 잠을 잘지 맞혀보겠어? 소렐 영화사의 귀염둥이 마르스야. 내가 뒤피 집에 들렀는데……." 아버지는 웃으며 웨브의 어깨를 툭 쳤다. "운 좋은 친구 같으니! 그 여자는 엘리즈만큼이나 미인이잖아." 두 사람의 대화는 마치 중학생들이 나누는 이야기 같았다. 그들이 유쾌하게 여겨진 이유는, 두 사람이 그런 대화에 흥분과 열정을 기울였기 때문이다. 끝날 것 같지 않은 긴 파티에서, 혹은 카페의 테라스에서 롱바르 역시 그런 흥분과 열정으로 서글픈 속내를 털어놓곤 했다. "난 그 여자만을 사랑했다네, 레몽! 올봄 그녀가 떠나기 전을 자네도 기억할 거야……. 오직 한 여자만을 바라보는 남자의 인생은 정말 한심한데 말이야!" 술잔을 기울이며 서로에게 마음을 털어놓는 두 남자의 대화는 딱하고 점잖지 못했지만 따뜻함이 배어 있었다.

안의 친구들은 자신의 속내를 결코 털어놓는 법이 없으리라. 물론 그들은 이런 종류의 모험을 경험하지도 못했을 것이다. 혹시 그런 이야기를 한다고 해도 수치심 때문에 웃음을 곁들일 터였다. 안이 아버지와 내가 알고 지내는 사람들을 대할 때 취하게 될 그 오만한 태도를 나 역시 가질 태세가 되었음을 느꼈다. 그 다정하고 전염성 강한 오만함…… 하지만 서른 살이 되었을 때 내 모습은 안보다는 아버지와 나의 친구들에 더 가까울 것이고, 안의 침묵과 무심함과 침착성은 나를 숨 막히게 하고 말겠지. 반면 그로부터 15년 후 나는 조금쯤 닮은 모습으로, 역시 조금쯤 지친 듯한 어느 매력적인 남자에게 몸을 숙이고 이렇게 말할 것이다.

'내 첫사랑은 시릴이라는 청년이었어요. 그때 난 열여덟 살이 다 되어가고 있었지요. 바닷가의 태양은 뜨거웠고…….'

내 이야기를 들을 그 남자의 얼굴을 상상하는 것이 좋았다. 그 사람은 지금 아버지처럼 얼굴에 잔주름이 있으리라. 그때 누군가 방문을 두드렸다. 나는 서둘러 잠옷 윗도리를 걸친 후 소리쳤다. "들어오세요!" 안이었다. 그녀는 찻잔 하나를 조심스럽게 들고 있었다.

"네게 커피가 필요할 것 같아서…… 몸 상태가 많이 나쁜 건 아니지?"

"아주 좋아요. 어젯밤은 좀 정신이 나갔던 것 같아요." 내가 말했다.

"외출할 때면 언제나 그렇듯이…… 하지만 네 덕분에 기분이 한결 나아졌다는 말을 해야겠다. 어젯밤 난 좀 지루했거든." 그녀가 웃으며 말했다.

나는 더 이상 태양에도, 심지어는 커피 맛에도 신경을 쓰고 있지 않았다. 안과 이야기를 할 때면 나는 완전히 몰입했다. 내 존재는 간데없고 오직 그녀만이 중요해졌다. 안은 내가 나 자신을 비판하도록 몰아붙였다. 내가 매 순간을 강렬하게, 어렵게 살도록 만들었다.

"세실, 넌 웨브 부부나 뒤피 부부 같은 사람들과 어울리는 게 재미있니?"

"그 사람들 태도는 대부분 지루하지만, 사람들 자체는 재미있어요."

안 역시 아까 나처럼 방바닥을 기어 다니는 파리를 바라보고 있었다. 파리는 어딘가 잘못되어서 날지 못하는 듯했다. 안의 눈꺼풀은 길쭉하고 묵직해 보였다. 그래서 그녀의 모습이 자칫 도도해 보이는지도 몰랐다.

"그들이 하는 말이 얼마나 단조롭고…… 뭐라고 해야 좋을까……? 조잡한지 깨닫지 못했니? 계약이니, 여자들이니, 파티니 하는 얘기들이 지루한 적 없었어?"

"알다시피 난 수녀원에서 운영하는 학교에서 10년을 보냈어요. 그들은 행실에 단정한 면이라곤 없는 사람들이고 그 점이 여전히 매력적이에요."

그것이 마음에 든다는 말까지는 차마 하지 못했다.

"2년이나 지났는데……. 그건 논리나 도덕의 문제가 아니란다. 감수성이나 직감력의 문제지……." 그녀가 말했다.

내겐 감수성이나 직감력이 없을 수도 있었다. 이런 부분에서 내가 뭔가 부족하다는 걸 나는 분명히 느꼈다.

"안, 내가 이지적이라고 생각해요?" 내가 불쑥 물었다.

그녀는 내 노골적인 질문에 놀란 듯 웃음을 터뜨렸다.

"물론 그렇게 생각하지, 알잖아! 어째서 그런 걸 묻는 거니?"

"만약 나를 어리석다고 생각했어도 안은 똑같이 대답했을 거예요. 안이 도저히 따라갈 수 없는 존재처럼 여겨지곤 해요……." 내가 한숨을 쉬었다.

"나이 차이 때문에 그런 거란다. 내가 너보다 조금이라도 자신 감이 떨어진다면 아주 골치 아픈 일이 벌어질걸. 내가 네 영향을 받을 테니 말이야!"

그녀가 웃음을 터뜨렸다. 나는 발끈했다.

"그게 꼭 나쁜 것만은 아닐걸요."

"그건 대재앙이 될 거야." 그녀가 대답했다.

안은 갑자기 이제까지의 가벼운 어조를 거두고 내 눈을 똑바로 쳐다보았다. 그 시선이 편치 않아서 나는 몸을 움직거렸다. 세월이 흐른 지금도 나는 누군가 내게 말을 하면서 내 눈을 똑바로 쳐다보거나, 자신의 말을 듣고 있는지 확인하기 위해 내게 지나치게 가깝게 다가오는 행동에 익숙해지지 않는다. 그렇게 해서 자신의 목적을 달성할 수 있다고 믿는다면 그것은 물론 오산이다. 그런 경우 나는 그 자리를 얼른 피하고 싶다는 생각, 뒷걸음치고 싶다는 생각밖에는 할 수 없기 때문이다. 그저 '예, 예' 하고 기계적으로 대답하면서 방 저편 구석으로 도망칠 방법을 궁리하기에 바쁜 것이다. 그런 집요함과 무례, 자신에게 집중해달라는 요구를 대하면 나는 분노가 치밀어 오른다. 다행히 안은 그렇게까지 내 주의를 독점해야 한다고는 생각하지 않는 듯했다. 그저 고개를 돌리지 않고 지그시 나를 바라보는 정도였는데, 그 때문에 나는 대화할 때 즐겨 동원하는 가볍고 방심한 어조를 유지하기가 어려웠다.

"늙어서 어떻게 되는지 알고 있니, 웨브 같은 남자들이?"

'그러니까 우리 아버지 같은 남자들 말이죠.' 나는 속으로 생각했다.

"시궁창에 빠지겠죠." 내가 유쾌한 어조로 대답했다.

"그들이 더 이상 매력적이지 않은 때, 말하자면 '허물어지는' 때가 온단다. 그들은 건강이 나빠져서 더 이상 술을 마실 수가 없는데도 여전히 여자 생각을 하지. 그들이 취할 수 있는 방법은 돈을 주고 여자를 사는 거야. 그들은 고독에서 벗어나기 위해 수많은 자잘한 타협을 감수해야 한단다. 웃음거리가 되고 불행해지지. 그런 순간 감상과 불평에 빠지는 거야……. 나는 그런 식으로 일종의 낙오자가 되는 사람들을 많이 봤단다."

"가엾은 웨브 씨!" 내가 말했다.

나는 당혹스러웠다. 사실 아버지의 말로가 그럴 수도 있었다! 만약 안이 아버지를 책임지지 않는다면, 아버지는 그런 말로를 맞을지도 몰랐다.

"넌 그런 건 생각하지 않지. 넌 앞날에 대해선 거의 생각하지 않아, 그렇지? 그건 젊음의 특권이지." 안이 연민의 미소를 띠면서 말했다.

"부탁이에요. 그런 식으로 내가 젊다는 사실을 떠올리게 하지 마요. 난 지금 젊음을 최소한으로 누릴 뿐이거든요. 젊음이 내게 모든 특권을 준다거나 모든 것에 변명거리가 되어준다고는 생각하지 않아요. 난 젊음을 그리 중요하게 생각하지 않아요."

"그럼 넌 뭘 중요하게 생각하는데? 네 정신적 안정? 네 독립성?"

나는 이런 식의 대화가, 특히 안과 나누는 이런 대화가 좀 불안했다.

"아무것도 중요하게 생각하지 않아요. 알다시피 난 생각이란 걸 별로 하지 않거든요."

"나는 네 아버지와 네가 하는 말이 신경에 좀 거슬려. '우리는 아무것도 진지하게 생각하지 않아요……. 우리 두 사람은 훌륭한 일을 하는 데 어울리지 않아요……. 우리는 잘 모르겠어요…….' 두 사람은 이렇게 말하지. 그런 자신이 마음에 드니?"

"마음에 들지 않아요. 난 나 자신을 그다지 좋아하지 않거든요. 좋아하려고 애쓰지도 않고요. 안은 이따금 내 삶을 복잡하게 만들라고 강요하는 것 같아요. 그럴 때면 안이 원망스러울 지경이에요."

안은 생각에 잠긴 태도로 곡조 하나를 흥얼거리기 시작했다. 분명 아는 노래였지만 무슨 노래인지 생각해낼 수가 없었다.

"노래 제목이 뭐죠, 안? 그 노래가 신경에 거슬려요……."

안이 약간 실망한 듯한 태도로 다시 미소를 지어 보였다. "나도 몰라. 침대에 그대로 있으렴. 좀 쉬어. 이 집안의 지성에 대한 조사는 다른 데 가서 계속하마."

'아버지의 경우에는 당연히 조사가 쉽겠지요.' 나는 생각했다. 아버지가 이렇게 말하는 소리가 귀에 들려오는 듯했다. '나는 아무것도 생각하지 않아요. 왜냐하면 당신을 사랑하니까요, 안.' 안이 아무리 이지적이라 하더라도, 그런 이유라면 그녀에게도 설득력이 있으리라. 나는 길게 기지개를 켜고 다시 베개에 고개를 묻었다. 아무것도 생각하지 않는다고 안에게는 말했지만 나는 깊은 생각에 잠겼다. 요컨대 안은 사태를 과장하고 있는 것이 분명했다. 25년 후 아버지는 위스키에 좀 의존적이긴 하지만 다채로운 추억을 지닌 유쾌한 백발의 육십 대가 되어 있으리라. 우리는 함께 외출을 하리라. 이번에는 내가 고삐 풀린 나의 연애에 대해 아버지에게 이야기하고 아버지는 내게 충고를 해주겠지. 나는 내가 이런 우리의 미래에서 안을 제외하고 있음을 깨달았다. 나는 우리의 미래에 안의 자리를 만들어놓을 수가 없었다. 애써봐도 그런 그림이 그려지지 않았다. 주기적으로 짐가방들이 들락날락하고, 낯선 억양과 싸움 소리가 울려 퍼지고, 때로는 황량하고 때로는 꽃들로 넘치는 그 난장판 아파트 속에, 안이 가장 소중한 물건이라도 되는 것처럼 가는 곳마다 들여놓는 조화와 침묵과 질서가 자리 잡는 것을 나는 상상할 수가 없었다. 나는 지루함이 죽도록 싫었다. 시릴을 진심으로 그리고 육체적으로 사랑하게 된 후 권태의 영향을 훨씬 덜 받게 된 것은 사실이다. 시릴과의 사랑은 많은 두려움으로부터 나를 해방시켰다. 하지만 나는 여전히 그 무엇보다도 권태가, 고요가 두려웠다. 우리, 그러니까 아버지와 나는 내적으로 고요해지기 위해 외적인 소란이 필요했다. 그리고 안은 결코 그것을 인정할 수 없으리라.

9

이제까지 나는 안이나 나에 대해서는 많이 이야기했지만 아버지에 대해서는 거의 이야기를 하지 않은 것 같다. 이 이야기 속에서 아버지의 역할이 중요하지 않아서도 아니고, 내가 아버지에게 흥미가 없어서도 아니다. 나는 이 세상 그 누구도 아버지만큼 사랑해본적이 없다. 그 시기에 나를 동요시킨 그 모든 감정 중 아버지에 대한 감정만큼 안정적이고 심오한 것은 없었다. 나는 그 감정을 무엇보다도 소중하게 여겼다. 다만 내가 아버지를 너무 잘 알고 너무 가깝게 느끼기 때문에 그 사실을 공공연하게 말하지 않은 것뿐이다. 하지만 아버지의 행동을 납득시키기 위해서는 다른 무엇보다도 아버지가 어떤 사람인지 설명해야 할 것 같다. 그는 허영심이 많은 사람도, 이기주의자도 아니었다. 다만 경박한 남자인데, 그 경박성은 치유될 만한 것이 아니었다. 그렇다고 아버지가 태생적으로 무책임하며 깊은 감정을 느낄 줄 모른다고는 할 수 없다. 아버지가 내게 주는 사랑은 경박하지도, 보통 아버지들이 습관적으로 자식에게 품듯이 그렇게 평범하지도 않았다. 내게 무슨 일이 생긴다면 아버지는 그 누구로 인한 것보다 더 고통스러워했을 것이다. 그리고 나 역시 언젠가 아버지가 그저 눈길을 옆으로 돌리고 나를 밀어내는 듯한 몸짓을 취한 것만으로도 절망감에 휩싸이지 않았던가……? 그는 결코 자신의 연애를 나보다 앞세우지 않았다. 밤에 나를 집에 데려다주느라 아버지는 웨브가 '아주 기막힌 기회'라고 부르는 것을 여러 차례 놓치기도 했다. 하지만 그런 경우 외에는 아버지가 자신의 쾌락과 변덕과 쉬운 삶에 몸을 맡겼다는 것을 부정할 수 없다. 아버지는 깊이 생각하는 법이 없었다. 그는 모든 것에 생리적인 설명을 하려고 들었고 그것이 합리적이라고 단언했다. "네 모습이 엉망이라고 생각하지 않니? 잠을 더 많이 자. 술 좀 덜 마시고." 아버지가 때때로 여자에게 느끼는 강한 욕망에 대해서도 마찬가지였다. 그는 그런 욕망을 억제하려고도 하지 않았고, 더 복합적인 감정으로 고양시키려고도 하지 않았다. 그는 물질주의자였다. 하지만 섬세하고 이해심 많고, 그러니까 참 좋은 사람이었다.

아버지가 엘자에게 품고 있는 욕망은 그를 산란하게 만들었지만 사람들이 짐작하는 그런 이유에서는 아니었다. 그는 스스로에게 '난 안을 속이게 될 거야. 그건 내가 그녀를 덜 사랑한다는 뜻이겠지'라고 말하는 것이 아니라 '이거 참 거추장스럽군. 엘자에 대한 이 욕망 말이야. 빨리 해소해버려야겠어. 그러지 않으면 안과 복잡한 문제가 생길 테니까'라고 되뇌었다. 아버지는 안을 사랑했고 그녀에게 경탄의 감정을 품고 있었다. 아버지는 최근 몇 년 동안 계속해서 좀 어리석고 경박한 여자들과 어울렸는데 안은 그런 면에서 그에게 기분 전환이 되었다. 안은 아버지의 허영심과 육체적 욕망과 감수성을 동시에 만족시켰다. 왜냐하면 그녀는 아버지를 이해하고, 아버지가 그 자신의 지성과 경험을 마주하도록 자신의 지성과 경험을 제공했던 것이다. 안이 아버지에게 품은 감정이 얼마나 진지한지를 아버지가 정말로 알았는지 지금은 확신할 수가 없다! 아버지에게 안은 이상적인 연인으로, 나를 위한 이상적인 어머니로 보인 듯했다. 아버지는 '이상적인 아내'를 떠올리면서 그에 수반되는 온갖 의무도 함께 고려했을까? 그런 것 같진 않다. 시릴이나 안 같은 사람들이 보기에는 나와 마찬가지로 아버지 역시 정서적인 면에서 비정상적으로 여겨졌을 것이 분명하다. 그 때문에 아버지가 삶을 열정적으로 사는 것을 방해받은 것은 아니다. 아버지는 열정적으로 사는 것이 당연하다고 생각하며 삶에 자신의 활력을 모조리 쏟아부었다.

나는 안을 우리 생활에서 몰아낼 계획을 세우면서 아버지 걱정을 크게 하지 않았다. 아버지가 언제나 그랬듯이 이번에도 혼자 추스를 수 있으리라는 것을 알았다. 그에게는 질서 있는 생활보다는 결별이 견디기 쉬울 터였다. 나와 마찬가지로 그에게 진정으로 타격을 주고 쇠약하게 만드는 건 반복적이고 예측 가능한 삶뿐이었다. 아버지와 나는 같은 종류의 인간이었다. 나는 어떤 때는 우리가 아름답고 순수한 방랑자라고 믿었고, 어떤 때는 타인의 고통에 공감할 줄 모르는 딱하고 가망 없는 쾌락주의자라고 생각했다.

그즈음 아버지는 고통스러워하고 있었다. 적어도 분노에 휩싸여 있었다. 그에게 엘자는 지난 삶과 젊음의 상징, 특히 그 자신의 젊음을 표상하는 것이 되어 있었다. 나는 아버지가 안한테 이렇게 말하고 싶어 죽을 지경이라는 것을 느꼈다. '사랑하는 안, 하루만 허락해줘. 나는 그 여자에게 가서 내가 늙은이가 아니라는 걸 확인해야 해. 안정을 되찾기 위해서는 그녀의 육체에 싫증이 났다는 사실을 다시 확인해야 해.' 하지만 그는 안에게 그렇게 말할 수 없었다. 안이 질투를 한다거나 이 문제에 대해 근본적으로 엄격하거나 까다롭기 때문이라서가 아니라, 그녀가 아버지와 함께 살기로 한 것은 다음과 같은 근거에서였기 때문이다. 손쉬운 방탕의 시대는 끝났다. 그는 더 이상 중학생이 아니라 그녀가 자신의 삶을 맡길 남자다. 그러므로 아버지는 올바르게 처신해야 하고, 충동에 휩쓸리는 딱한 인간이 되어서는 안 되었다. 이 점에 대해 안을 비난할 수는 없었다. 그것은 지극히 타당하고 건전했다. 하지만 그렇다고 해서 엘자에 대한 아버지의 욕망을 막을 수는 없었다. 그 욕망이 점점 커져서 그 무엇보다도 더 강하게, 금지된 것을 향한, 두 배로 강한 욕망으로 그녀를 원하게 되는 것을.

물론 그 무렵까지도 나는 모든 것을 제자리로 되돌릴 수 있었다. 아버지의 요구를 들어주라고 엘자에게 말한 다음, 적당한 핑계를 만들어 안과 함께 니스 같은 곳으로 가서 오후를 보내고 오면 될 터였다. 아버지는 집으로 돌아온 우리를 편안한 모습으로, 합법적인 사랑―지금은 아니어도 휴가를 마치고 돌아가면 그들의 사랑은 법의 테두리 안으로 들어가게 되리라―에 대한 새로운 애정으로 가득 차서 맞아주리라. 하지만 이 경우에도 안이 결코 참아내지 못할 점이 있었다. 일시적이지만 그녀가 다른 여자들처럼 정부 취급을 받았다는 점 말이다. 안이 자신에 대해 지닌 자존심과 품위는 우리의 삶을 얼마나 어렵게 만들어버렸는지……!

하지만 나는 엘자에게 아버지의 요구를 들어주라는 말도, 안에게 함께 니스에 가자는 말도 하지 않았다. 나는 아버지가 가슴속 욕망에 쫓겨 실수를 저지르기를 바랐다. 안이 우리의 지난 삶을 경멸하는 것을, 아버지와 내게는 행복했던 그 삶을 그토록 간단하게 경멸하는 것을 참을 수가 없었다. 나는 그녀를 모욕하고 싶은 것이 아니라 삶에 대한 우리의 태도를 인정하게 하고 싶었다. 안은 아버지가 바람을 피웠다는 사실을 알아야 했다. 그리고 그 사실은 그녀의 개인적인 가치나 품위를 손상시키는 것이 아니라, 단순히 일시적인 육체적 욕망이라는 사실을 객관적으로 받아들여야 했다. 그녀가 어떻든 자신이 옳기를 바란다면, 우리를 잘못된 사람들의 자리에 그대로 두어야 했다.

나는 심지어 아버지의 괴로움을 모르는 척했다. 무엇보다도 아버지가 나에게 자신의 심경을 솔직하게 털어놓는 일을 막아야 했다. 아버지가 나를 자신의 공모자로 만들어 엘자에게 말을 전하고 안을 자신에게서 떼어놓아달라고 하게 되면 곤란했다.

나는 안에 대한 아버지의 사랑과 안이라는 인물 자체를 신성한 것으로 여기는 척해야 했다. 그리고 고백하건대 나는 전혀 거북해하지 않으면서 그렇게 할 수 있었다. 아버지가 안을 속이고 그녀에게 대항한다는 생각은 나에게 두려움과 동시에 막연한 찬탄을 불러일으켰다.

한동안 우리는 평온한 나날을 보냈다. 나는 엘자를 향한 아버지의 흥분을 자극할 기회를 점점 더 늘려갔다. 안의 얼굴을 대해도 더 이상 죄책감을 느끼지 않았다. 나는 이따금 안이 있는 그대로 받아들이는 것을, 그녀가 자신의 취향을 누리는 만큼 우리도 우리의 취향을 누리며 함께 사는 삶을 받아들이는 것을 상상했다. 한편 나는 시릴을 종종 만났고 남의 눈을 피해 사랑을 나누었다. 솔잎 냄새, 파도 소리, 그의 몸의 감촉⋯⋯. 시릴은 죄책감으로 괴로워하기 시작했다. 내가 그에게 강요한 역할은 그가 가장 하고 싶지 않은 일이었다. 내가 우리의 사랑에 꼭 필요하다고 설득하지 않았다면 그는 그런 일을 받아들이지 않았을 것이다. 이 모든 것에 이중적 태도와 비밀 엄수가 강하게 요구되었지만 엄청나게 노력을 기울이거나 거짓말까지 해야 하는 경우는 거의 없었다! (하지만 앞서 말했듯이 그런 행동으로 인해 나 자신을 자책하게 되는 것만큼은 피할 수 없었다.)

이 시기에 대해서는 길게 이야기하고 싶지 않다. 이런저런 사실을 떠올리게 되면 나 자신을 괴롭히는 추억 속으로 다시 빠져들 위험이 있기 때문이다. 안의 행복한 웃음소리와 나에게 보여준 다정함을 떠올리기만 해도 뭔가가 나를 세차게 후려치는 것 같다. 그 타격은 나를 아프게 하고, 나는 자신에 대한 혐오감으로 숨이 막힌다. 금방이라도 이른바 양심의 가책을 느낄 것 같아서, 담뱃불을 붙인다든가 레코드판을 올린다든가 친구에게 전화를 건다든가 하는 어떤 행동에 의지해야 할 정도다. 그러다 보면 조금씩 생각을 다른 데로 돌리게 된다. 하지만 내 불완전한 기억과 경박한 성향에 맞서 싸우는 대신 오히려 그것들에 의지해야 한다는 것이 마음에 들지 않는다. 나는 그렇게 의지할 것이 있다는 사실에 기쁘기는커녕 그 존재조차 인정하고 싶지 않다.

10

우습게도 운명은 걸맞지 않은 얼굴, 진부한 얼굴을 택해 자신을 드러내기를 즐기는 것 같다. 그해 여름 운명은 엘자의 얼굴을 선택했다. 말하자면 아주 예쁜, 상당히 매력적인 얼굴을. 엘자는 또한 아주 멋지게 웃을 줄도 알았다. 좀 아둔한 사람들만이 보여주는, 듣는 사람을 무장 해제시키는 완벽한 웃음이었다.

나는 이 웃음이 아버지에게 미치는 효과를 이내 알아챘다. 그래서 엘자에게 아버지와 나를 '맞닥뜨릴' 태세를 갖추고 시릴과 어울릴 때 그 웃음을 최대한 활용하라고 지시했다. 나는 엘자에게 이렇게 말했다. "내가 아버지와 함께 다가오는 소리가 들리면 아무 말도 하지 말고 그냥 웃어요." 나는 그녀의 멋진 웃음소리를 들으면서 아버지의 얼굴에 분노의 표정이 서리는 것을 포착했다. 그렇다고 내가 이런 감독 역할에 열광했던 것은 아니다. 나 역시 번번이 충격을 받았다. 왜냐하면 시릴과 엘자가 그들의 관계—만들어낸 것에 불과했지만 너무나도 완벽해 보이는—를 노골적으로 드러내며 함께 있는 것을 보면, 아버지뿐 아니라 나 역시 얼굴이 창백해졌다. 고통보다 더 견디기 힘든 소유욕으로 아버지의 얼굴에서처럼 내 얼굴에서도 핏기가 가셨다. 시릴, 엘자의 얼굴 위로 몸을 기울이고 있는 시릴……. 그 모습은 내 마음을 아프게 했다. 시릴과 엘자에게 그런 동작을 하라고 했을 때 나는 그 모습이 그런 힘을 가지고 있는지 몰랐다. 말하기는 쉽고 편했다. 하지만 정작 그를 올려다보는 엘자의 얼굴 위로 몸을 기울인 시릴의 얼굴, 그 부드러운 갈색 목덜미를 맞닥뜨리면, 그 일을 막기 위해서라면 못할 게 없을 듯한 기분이 되었다. 그런 장면을 만들어낸 장본인이 바로 나 자신이라는 것을 까맣게 잊었다.

이런 사건들 외에는 안의 신뢰와 다정함—이 단어를 쓰기가 왜 이렇게 가슴 아픈지—과 행복이 일상을 채웠다. 사실 안은 천박하고 좀스러운 나의 책략이나 우리의 격렬한 욕망을 전혀 눈치채지 못하고, 이기적인 우리 두 사람에게 헌신하며 내가 한 번도 본 적이 없는 행복에 겨운 표정을 짓고 있었다. 그것이 바로 내가 노린 점이었다. 안이 자신의 초연함과 자부심 때문에라도 아버지와 좀더 밀착되기 위한 전략을 쓰는 것을 본능적으로 피하리라고, 실제로 그저 아름답고 지적인 모습으로 다정하게 행동하는 것 이외에 다른 어떤 교태도 동원하지 않으리라고 나는 믿었다. 나는 점차 그녀에게 연민을 느끼기에 이르렀다. 연민이란 기분 좋은 감정으로 마치 군악처럼 기운을 돋워준다. 내가 그녀에게 그런 감정을 느꼈다고 해서 나를 비난할 수는 없으리라.

어느 날씨 좋은 날 아침 가정부 아주머니가 무척 흥분해서 다음과 같은 엘자의 전갈을 전해주었다. "모든 것이 잘됐어. 날 보러 와줘!" 그 전갈을 받고 나는 파국이 임박했음을 느꼈다. 나는 사태가 절정에 이르는 것이 정말 싫다. 어쨌든 나는 해변에서 엘자를 만났다. 그녀는 의기양양한 표정을 짓고 있었다.

"한 시간 전에 네 아버지를 만났어. 마침내 말이야."

"아버지가 뭐라고 하던가요?"

"그동안의 일을 몹시 후회한대. 자신이 야비하게 행동했다고 말이야. 그건 사실이지…… 안 그러니?"

나는 그녀의 말에 동의해야 할 것 같았다.

"그러더니 내게 이런저런 찬사를 늘어놓더구나. 그 사람만이 할 수 있는 방식으로 말이야……. 알잖니, 좀 무심한 어조로, 그렇게 말하는 것이 어렵다는 듯 아주 낮은 목소리로……. 그 어조는……."

나는 목가적인 사랑의 희열에 차 있는 엘자를 현실로 끌어냈다.

"그래서 결론은요?"

"결론 같은 건 없어……! 하나 있긴 하구나. 레몽이 마을에서 차 한잔하자고 했어. 내가 그에게 앙심을 품고 있지 않다는 것, 내가 마음이 넓고 너그러운 사람이라는 걸, 요컨대 진보적이라는 걸 보여 달라며 말이야!"

빨간 머리를 가진 젊은 여자들의 진보성에 대한 아버지의 견해에 나는 웃음이 나왔다.

"왜 웃는 거니? 그를 만나러 가야 할까?"

하마터면 나는 그게 나와 무슨 상관이냐고 대답할 뻔했다. 이윽고 그녀가 자신의 술책이 성공을 거둔 게 내 덕이라고 생각하고 있다는 것을 깨달았다. 그 생각이 사실이든 아니든 간에 나는 짜증이 났다.

구석에 몰린 기분이었다.

"잘 모르겠어요, 엘자. 그건 당신 마음에 달렸어요. 당신이 어떻게 행동해야 할지 매번 내게 묻지 마요. 누가 보면 내가 당신을 부추겨서 일이 이렇게 된 줄 알겠어요······."

"하지만 네가 한 일이잖아. 어쨌든 네 덕분에 내가······."

그녀의 찬탄 섞인 어조에 나는 갑자기 겁이 났다.

"당신 마음대로 해요. 나한테 더 이상 그 이야기를 자세히 하지 말고요, 제발!"

"하지만······ 하지만 우리가 레몽을 그 여자로부터 벗어나게 해줘야 하잖아······. 안 그래, 세실?"

나는 도망쳤다. 아버지는 자신이 하고 싶은 것을 할 테고, 안은 힘껏 사태를 헤쳐나갈 터였다. 게다가 나는 시릴과 약속이 있었다. 오직 사랑만이 당시 내가 느끼는 그 아찔한 두려움으로부터 나를 해방시켜줄 것 같았다.

시릴은 아무 말 없이 나를 품에 안고 이끌었다. 그의 곁에서는 모든 것이 편안하고 격렬함과 쾌락으로 가득 차 있었다. 얼마 후 녹초가 된 나는 땀에 흥건히 젖은 시릴의 황금빛 상체 위에 난파당한 사람처럼 축 늘어져서는 그에게 말했다. 나 자신이 증오스럽다고. 그렇게 말하면서 나는 그에게 미소를 지어 보였다. 왜냐하면 그건 진심이었지만 그에 대해 고통보다는 개운한 체념을 느꼈던 것이다. 시릴은 내 말을 심각하게 받아들이지 않았다.

"그런 건 아무래도 좋아. 널 많이 사랑해. 나처럼 너도 그 일을 심각하게 생각하지 않게 해줄 수 있을 정도로. 널 사랑해. 너무나도 널 사랑해."

그 말의 리듬이 식사 시간 동안 줄곧 귀에 맴돌았다. '널 사랑해. 너무나도 널 사랑해.'

바로 그 때문에 나는 아무리 애를 써도 점심 식사 동안 일어난 일을 제대로 기억해낼 수가 없다. 안은 그녀 눈 아래의 그늘 같기도 하고 그녀의 눈빛 같기도 한 연보랏빛 원피스를 입고 있었다. 아버지는 겉으로 보기에는 편안한 듯 웃음을 터뜨렸다. 그로서는 마침내 일이 잘 풀리고 있는 셈이었다. 후식을 먹을 때 아버지는 오후에 마을에서 볼일이 있다고 말했다. 나는 속으로 웃었다. 피곤했고, 될 대로 되라는 심정이었다. 내게는 오직 한 가지, 수영을 하고 싶다는 생각밖에 없었다.

오후 4시, 나는 해변으로 가기 위해 나섰다. 아버지가 마을로 출발하려는 듯 테라스에 나와 있었다. 나는 아버지에게 아무 말도 하지 않았다. 심지어 경솔하게 행동하지 말라는 말조차 하지 않았다.

바닷물은 부드럽고 따뜻했다. 안은 오지 않았다. 아버지가 엘자와 시시덕거리는 동안 안은 방에서 자신의 의상 컬렉션을 위한 스케치를 하고 있을 터였다. 두 시간 후 태양이 일광욕을 할 만큼 뜨겁지 않자 나는 테라스로 돌아와 의자에 앉아 신문을 펼쳤다.

안이 나타난 것은 바로 그때였다. 그녀는 숲 쪽에서 오고 있었다. 팔꿈치를 몸에 붙인 채 서툴고 어색하게 달리고 있었다. 그 모습을 보면서 나는 문득 어떤 늙은 여자가 달리고 있고, 금방이라도 넘어질 것 같다는 생뚱맞은 생각을 머릿속에 떠올렸다. 나는 너무 놀라 그 자리에서 움직일 수 없었다. 그녀는 건물 뒤에 있는 차고 쪽으로 모습을 감추었다. 그제야 나는 불현듯 사태를 깨달았다. 안을 붙잡기 위해 나 역시 달리기 시작했다.

안은 이미 차에 올라 시동을 걸고 있었다. 나는 달려가 차 문에 쓰러지듯 매달렸다.

"안, 안, 가지 마요. 그건 실수예요. 내 잘못이에요. 내가 설명할게요." 내가 외쳤다.

그녀는 내 말을 듣고 있지 않았다. 나를 쳐다보지도 않고 핸드브레이크를 풀기 위해 고개를 숙였다.

"안, 우리에겐 당신이 필요해요!"

그제야 안은 얼굴을 들었다. 여느 때의 모습은 간곳없이 일그러진 얼굴이었다. 안은 울고 있었다. 그 순간 나는 문득 깨달았다. 내가 공격한 대상이 하나의 추상적 개념이 아니라 감정을 느낄 수 있는 살아 있는 개체였음을. 그녀는 조금 내성적인 어린아이였다가 사춘기 소녀였다가 이윽고 여인이 되었을 터였다. 그녀는 마흔 살이었고 혼자였으며 한 남자를 사랑했고 그와 더불어 행복하게 살고자 했다. 10년, 어쩌면 20년을. 그런데 내가……. 그 얼굴, 지금 그녀의 그 얼굴, 그 얼굴은 내가 만든 것이었다. 나는 그 자리에 못 박힌 채 차 문에 기대어 온몸을 떨었다.

"두 사람에겐 아무도 필요치 않아. 네게도, 그 사람에게도." 그녀가 중얼거렸다.

자동차 엔진이 돌고 있었다. 나는 필사적으로 되었다. 안이 그렇게 가도록 내버려둘 수는 없었다.

"날 용서해줘요, 제발……."

"뭘 용서해달라는 거지?"

안의 얼굴 위로 계속 눈물이 흘러내렸다. 그녀는 그 사실을 깨닫지 못하는 듯했고, 표정은 굳어 있었다.

"내 가엾은 꼬마 아가씨……!"

안은 한순간 손을 내 뺨에 올려놓았다가 차를 출발시켰다. 나는 그녀의 자동차가 별장 모퉁이를 돌아 모습을 감추는 것을 지켜보았다. 나는 갈피를 잡을 수 없었고 어찌해야 좋을지 알 수 없었다……. 모든 것이 순식간에 벌어졌다. 그녀의 그 얼굴, 그 얼굴…….

뒤에서 발소리가 들려왔다. 아버지였다. 시간을 들여 엘자의 립스틱 흔적을 지우고 옷에 붙은 솔잎을 털어낸 모양이었다. 나는 몸을 돌려 아버지의 품에 뛰어들었다.

"아버지 나빠, 나쁘다고!"

흐느낌이 터져 나왔다.

"도대체 무슨 일이야? 안은……? 세실, 말 좀 해봐, 세실……."

11

아버지와 나는 저녁 식사 시간이 되어서야 다시 만났다. 너무 갑작스럽게 다시 찾아온 둘만의 시간에 우리 둘 다 신경이 쓰였다. 나는 전혀 배가 고프지 않았고, 아버지 역시 그런 모양이었다. 안이 우리에게 반드시 돌아와야 한다는 것을 우리 둘 다 알고 있었다. 나로서는 이곳을 떠나면서 그녀가 보여준 그 동요된 얼굴에 대한 기억, 그녀가 겪어야 했던 고통 그리고 내 책임에 대한 생각이 떠오르는 것을 오래도록 견디고 있을 수 없었다. 내가 그토록 정교하게 세운 계획이나 끈기 있게 추진하던 책략은 까맣게 잊혔다. 나는 의지할 나침반을 잃고 이제 나를 인도해줄 것이 아무것도 없다고 느꼈고, 아버지의 얼굴에서도 같은 감정을 읽을 수 있었다.

"안이 우리를 오랫동안 버려둘 것 같니?" 아버지가 물었다.

"안은 분명 파리로 갔을 거야." 내가 대답했다.

"파리라……." 아버지가 꿈꾸듯이 중얼거렸다.

"어쩌면 다시는 안을 볼 수 없을지도 몰라……."

아버지는 어쩔 줄 모르고 나를 바라보더니 식탁을 가로질러 내 손을 잡았다.

"넌 내가 몹시 원망스럽겠구나. 내가 무엇에 홀렸는지 나도 잘 모르겠다……. 엘자를 만나고 함께 돌아오는 중에 숲에서 그녀가…… 사실 내가 엘자에게 키스를 했는데, 그 순간 안이 그곳에 온 모양이야. 그래서……."

나는 아버지의 말을 듣고 있지 않았다. 소나무 숲 그늘 아래서로 껴안고 있는 엘자와 아버지, 두 사람의 모습이 연극의 한 장면처럼 현실감 없이 눈앞에 떠올랐다. 하지만 내가 눈앞에 보고 있는 것은 그들이 아니었다. 그날의 일 중 유일하게 생생한 것, 잔인할 정도로 생생한 것은 안이 마지막으로 보여준, 고통이 뚜렷이 새겨진 얼굴, 배신당한 사람의 얼굴이었다. 나는 아버지의 담뱃갑에서 담배한 개비를 꺼내 불을 붙였다. 식사 중에 담배를 피우는 것은 안이참을 수 없어 했던 일 중 하나이다. 나는 아버지에게 미소를 지어 보였다.

"무슨 일이 일어났는지 알아. 그건 아버지 잘못이 아니야. 이른바 순간의 광기에 휩싸인 거지. 하지만 우리는 안에게 용서를 구해야 돼. 요컨대 '아버지'가 용서를 받아야 한다고."

"어떻게 해야 하지?" 아버지가 물었다.

아버지의 모습은 엉망이었다. 나는 아버지가 가여웠고 그리고 나 자신이 가여워졌다. 어째서 안은 우리를 이렇게 버리고 간 것일까. 이런 사소한 실수를 저질렀다고 해서 우리에게 이토록 고통을 준단 말인가? 우리에 대한 책무 같은 건 없단 말인가?

"우리 안에게 편지를 쓰기로 해. 용서를 구하자고." 내가 말했다.

"그거 좋은 생각이다." 아버지가 외쳤다.

마침내 아버지는 세 시간 전부터 우리가 빠져 있던 후회로 가득 찬 그 마비 상태에서 벗어날 방법을 찾은 셈이었다.

우리는 식사를 채 마치기도 전에 식탁보와 식기를 치웠다. 아버지는 큼직한 스탠드와 펜, 잉크병, 편지지를 가져왔다. 우리는 서로 마주 보고 앉았다. 이렇게 만들어진 장면 덕택에 안이 돌아올 가능성이 크게 높아지는 듯해서 거의 미소라도 지을 것 같은 얼굴로. 창밖에서 박쥐 한 마리가 부드러운 곡선을 그리며 날고 있었다. 아버지는 고개를 숙이고 편지를 쓰기 시작했다.

그날 밤 우리가 안에게 쓴 다정다감한 그 편지들을 떠올릴 때면 나는 너무 가혹하다는 느낌, 조롱당하고 있다는 느낌을 갖지 않을 수가 없다. 우리 두 사람은 스탠드 불빛 아래 말없이 앉아 '안을 되찾는다'는 불가능한 과제에 초등학생들처럼 매달려 있었다. 이윽고 우리는 설득력 있는 이유와 애정과 뉘우침으로 가득 찬, 괜찮게 쓴 편지 두 장을 완성했다. 편지 쓰기를 마치면서 나는 안이 그 편지를 읽으면 우리를 용서하지 않을 수 없으리라고, 우리가 곧 화해할 것이라고 거의 확신했다. 부끄럽고 익살스러운 용서의 장면이 벌써부터 내 눈앞에 그려졌다……. 배경은 파리의 우리 집 거실이 될 터였다. 안이 거실로 들어와서는…….

전화벨이 울렸다. 밤 10시였다. 아버지와 나는 놀란 눈길을 교환했다. 우리의 눈길은 곧 희망으로 가득 찼다. 안이 분명했다. 안이 우리를 용서한다고, 이곳으로 돌아오겠다고 전화를 걸어온 것일 터였다. 아버지는 튕겨지듯 일어나 전화기가 있는 곳으로 가서 수화기를 들고 밝은 목소리로 말했다. "여보세요."

그런 다음 그는 알아듣기 힘든 목소리로 짤막하게 대답했다. "예, 그렇습니다! 어디서요? 그렇습니다." 이번에는 내가 자리에서 일어났다. 내 안에서 공포가 차올랐다. 나는 아버지를, 아버지가 기계적인 동작으로 손으로 얼굴을 가리는 것을 바라보았다. 마침내 아버지는 조용히 수화기를 내려놓고 내게로 몸을 돌렸다.

"안이 사고를 당했대. 에스테렐 도로에서. 여기 주소를 찾는 데 시간이 좀 걸렸단다. 파리로 전화를 했는데, 거기에서 여기 전화번호를 알려주었다는구나."

아버지는 조금 전처럼 기계적으로 말하고 있었다. 나는 감히 아버지의 말을 중간에 자를 수가 없었다.

"가장 위험한 구간에서 사고가 났다는구나. 사고가 잦은 곳이지. 자동차가 오십 미터 아래로 굴렀대. 그녀가 무사하다면 기적이었을 거라는구나."

그날 밤에 벌어진 나머지 일을 나는 무슨 악몽처럼 기억한다. 자동차 헤드라이트 불빛 아래서 불쑥 드러나던 도로, 아버지의 굳은 얼굴, 병원의 문……. 아버지는 내가 안의 얼굴을 보지 못하게 했다. 나는 대기실 긴 의자에 앉아 벽에 걸린 베네치아의 풍경이 담긴 석판화를 바라보았다. 머릿속에 아무 생각도 떠오르지 않았다. 간호사 하나가 내게 그해 여름이 시작된 후 같은 장소에서 이번까지만 사고가 여섯 차례 일어났다고 말해주었다. 아버지는 돌아오지 않고 있었다.

그때 나는 안이 그런 죽음으로 자신이 우리와 다르다는 것을 또 한 번 드러냈다고 생각했다. 만약 아버지와 내가 자살을 한다면—우리에게 그럴 용기가 있다면—우리는 그 일에 책임이 있는 자들이 영원토록 불안해하고 편히 잠들 수 없도록 사정을 밝히는 유서를 남겨놓고 머리에 권총을 대고 방아쇠를 당길 것이다. 하지만 안은 자신의 죽음을 자살이 아니라 사고사로 여길 수 있는 엄청난 가능성을 우리에게 선물했다. 그곳은 사고가 잦은 장소였고 안의 자동차는 커브 길에 약했다. 그것은 오래 지나지 않아 우리 마음이 약해졌을 때 충분히 받아들일 만한 선물이었다. 그리고 지금 내가 자살에 대해 이야기하고 있긴 하지만, 그건 분명히 내 입장에서 그려본 가설일 뿐이다. 아버지와 나 같은 사람들, 살아서든 죽어서든 아무도 필요로 하지 않는 사람들 때문에 자살한다는 게 가능한 일일까? 어쨌든 나는 이 일에 대해 아버지와 이야기할 때 사고 이외의 가능성에 대해서는 언급한 적이 없다.

이튿날 오후 3시쯤 우리는 별장으로 돌아왔다. 엘자와 시릴이 계단에 앉아 우리를 기다리고 있었다. 두 사람은 우리를 보고 몸을 일으켰는데, 그 모습이 마치 생기 하나 없는 잊힌 존재들 같았다. 두 사람 모두 안을 제대로 알지 못했고 그녀를 사랑한 적이 없었다. 그들은 자신들의 보잘것없는 사랑 이야기, 곧 그들의 외적인 아름다움과 당혹감이라는 이중적 매력을 품고 거기 있었다. 시릴이 나를 향해 성큼 걸어와 내 팔에 손을 얹었다. 나는 그를 바라보았다. 순간 나는 그를 사랑한 적이 없었다는 것을 깨달았다. 나는 그가 멋지고 매력적이라고 여겼을 뿐이다. 나는 그가 내게 준 쾌락을 사랑했을 뿐 그를 필요로 하지 않았다.

나는 떠날 터였다. 이 별장을, 이 청년을, 이 여름을. 아버지가 나와 함께 있었다. 이번에는 아버지가 내 팔을 잡았다. 우리는 집 안으로 들어갔다.

집 안에는 안의 재킷, 그녀가 꽃아놓은 꽃, 그녀의 방, 그녀의 향기가 있었다. 아버지는 덧문을 닫고 냉장고에서 술 한 병과 잔 두 개를 꺼냈다. 그것이 그때 우리의 손 닿는 곳에 있는 유일한 치유책이었다. 변명으로 가득 찬 우리의 편지가 식탁 위에 흩어져 있었다. 나는 한 손으로 편지를 밀었다. 편지지들이 흩날리다가 마루판 위로 떨어졌다. 술을 가득 따른 잔을 들고 돌아오던 아버지는 잠시 주춤거리더니 떨어진 편지를 피해 발을 디뎠다. 그 모든 것이 씁쓸하고 상징적인 의미를 품고 있는 듯했다. 나는 두 손으로 잔을 감싸 쥐고 그 안에 담긴 술을 단숨에 들이켰다. 방은 반쯤 어둠에 잠겨 있었다. 창 앞에 아버지의 그림자가 보였다. 해변에서 파도가 치고 있었다.

12

장례식은 눈부시게 맑은 날 파리에서 열렸다. 호기심에 찬 사람들, 검은 옷의 행렬이 이어졌다. 아버지와 나는 안의 나이 든 친척들과 악수를 나누었다. 나는 그들을 유심히 살펴보았다. 이런 사고가 일어나지 않았다면 그들은 1년에 한 차례 우리 집에 들러 차를 마셨을 것이다. 사람들은 아버지를 연민의 눈길로 바라보았다. 아버지와 안이 결혼할 예정이었다는 소식을 웨브가 퍼뜨린 것이 분명했다. 출구에서 나를 찾고 있는 시릴이 보였다. 나는 그를 피했다. 내가 그를 원망하는 것은 전적으로 부당하지만, 나로서는 그러지 않을 수가 없었다…… 주위에서 사람들이 이 끔찍하고 어이없는 사고를 안타까워했는데, 이 죽음이 사고사라는 데 여전히 약간의 의혹을 품고 있던 나는 그런 상황이 다행스럽게 여겨졌다.

집으로 돌아오는 자동차 안에서 아버지는 내 손을 힘주어 쥐었다. 나는 생각했다. '아버지에게는 이제 나밖에 없고, 내게는 이제 아버지밖에 없어. 우리 단둘이 불행 속에 남겨진 거야.' 이윽고 그 사건 후 처음으로 내 눈에서 눈물이 솟구쳤다. 그렇게까지 고통스러운 눈물은 아니었다. 안이 실려 온 병원 벽에 걸린 베네치아 풍경이 담긴 석판화 앞에서 느낀 그 끔찍한 공허감과는 전혀 달랐다. 아버지는 초췌해진 얼굴로 아무 말 없이 손수건을 꺼내주었다.

한 달 동안 우리는 마치 아내를 잃은 홀아비와 엄마를 잃은 아이처럼 둘이서만 살았다. 둘이서만 저녁을 먹고 점심을 먹었으며 집 안에 틀어박혀 지냈다. 안에 대해서는 이따금 조금씩 이야기했다. "기억나지, 그날 그러니까……" 하는 식이었다. 우리는 그런 추억이 우리를 힘들게 할까 봐, 혹은 우리 중 한 사람 안에서 무엇인가를 촉발해 돌이킬 수 없는 말을 하게 될까 봐 아주 조심스럽게 서로 눈길을 피한 채 이야기했다. 서로에 대한 이런 배려와 신중함은 보답을 받았다. 얼마 지나지 않아 우리는 행복한 시간을 함께 보낸, 신이 먼저 불러 간 사랑하는 사람에 대해 말하듯이 안에 대해 일상적인 어조로 이야기할 수 있게 되었다. 나는 지금 우연이라는 말 대신 신이라는 단어를 쓴다. 우리는 신을 믿지 않는데 말이다. 그런 상황에서 우연을 믿는다는 것이 이미 운 좋은 일이 아닌가.

어느 날 나는 친구 집에서 친구의 사촌을 만났는데, 그가 마음에 들었고 그도 내가 마음에 든 모양이었다. 사랑이 시작될 때면 흔히 그렇듯이 나는 일주일 동안 저돌적으로 그와 자주 데이트를 했다. 태생적으로 고독과는 어울리지 않는 아버지 역시 상당히 야심만만한 어떤 젊은 여자와 그런 만남을 시작했다. 마치 원래 정해져 있던 것처럼 이전과 같은 삶이 다시 시작되었다. 함께 있을 때면 아버지와 나는 함께 웃음을 터뜨리고 각자의 연애담을 늘어놓는다. 아버지는 나와 필리프가 플라토닉한 관계가 아닐 거라는 의혹을 품고 있고, 나는 아버지가 새 애인에게 많은 돈을 쓴다는 것을 안다. 하지만 우리는 행복하다. 겨울이 끝나간다. 올해는 지난여름의 그 별장이 아니라 쥐앙레팽 근처의 다른 별장을 빌릴 것이다.

다만 파리 시내를 달리는 자동차의 소음만이 들려오는 새벽녘 침대에 누워 있을 때면 때때로 내 기억이 나를 배신한다. 그해 여름 과 그때의 추억이 고스란히 다시 떠오르는 것이다. 안, 안! 나는 어 둠 속에서 아주 나직하게 아주 오랫동안 그 이름을 부른다. 그러면 내 안에서 무엇인가가 솟아오른다. 나는 두 눈을 감은 채 이름을 불 러 그것을 맞으며 인사를 건넨다. 슬픔이여 안녕.

에세이

슬픔이여 안녕[1]
프랑수아즈 사강

나는 내 삶에 대해 쓰고 싶다고 생각한 적이 없다. 그 이유는 우선 내 삶과 연관된 사람들 대부분이 아직 살아 있기 때문이고― 그것은 다행스러운 일이기도 하다― 두 번째 이유는 내 기억력이 정말 형편없기 때문이다. 여기에서 5년, 저기에서 5년의 세월이 기억나지 않는 것이다. 그때 일어났던 일들이 종종 마치 무슨 비밀처럼, 혹은 실재한 적 없어 보이는 은밀한 사건처럼 여겨진다. 이런 점을 고려할 때 내 연대기의 유일한 기준으로 삼을 만한 것은 내 소설의 발표 시기가 되리라. 그것이야말로 내 삶에서 유일하게 진실하고 정확한, 요컨대 거의 손으로 감지할 수 있을 만큼 분명한 표지라고 할 수

[1] 사강이 데뷔작 『슬픔이여 안녕』을 출간한 지 40여 년이 지나 그 시절을 돌아보며 쓴 에세이. 1950년대 파리의 거리에서 문학 토론을 하고 글을 쓰던 어린 사강을 생생하게 만날 수 있다. 회고록 『어깨 너머로 돌아보다Derrière l'épaule』(1998)에 수록되었다. 원제는 'Bonjour tristesse'.

있다.

게다가 믿기지 않겠지만 나는 내 작품이 책으로 나온 뒤에는 읽지 않는다. 딱 한 번 예외가 있었는데, 『한 달 후, 1년 후Dans un mois, dans un an』를 비행기 안에서 읽어보고는 그다지 나쁘지 않다고 생각한 적이 있다. 하지만 그때를 제외하고는 내 책을 다시 읽은 적이 없다. 사람들은 이따금 나에게 내 작품의 등장인물에 대해서 말하고, 여러 이름과 장면, 이제 내게는 까마득하게 여겨지는 교훈 같은 것들을 상기시켜준다. 내가 내 작품을 다시 읽는 데 이렇게 열의가 없는 것은, 내 책이 다시 읽을 만큼 좋지 않아서가 아니라 책꽂이에 수많은 다른 책이 나를 기다리고 있다는 생각, 죽을 때까지 읽어도 다 읽지 못할 미지의 책들이 있음을 의식하기 때문이다. 상황이 이러한데 내 책을 다시 읽는다는 것은 (게다가 나는 이미 그 책의 결말을 알고 있으니) 시간 낭비가 아니겠는가!

이제 『슬픔이여 안녕』에 대한 이야기를 시작해보자. 나는 어제 이 책을 다시 읽었다. 이 작품은 본능에 따르면서도 계산하에 쓴 작품으로, 관능과 순진함이 동일한 비중으로 섞여 있어 지금도 여전히 폭발적인 잠재력을 지니고 있다. 과거에 그랬던 것처럼……. 적어도 어린 시절 내 책을 읽고 그 영향을 받았다는 이유로 심하게 꾸중을 들은 적이 있는 이전 세대의 여자들은 그렇게 생각한다. 어쨌든 이 책에서는 어린 시절이 끝나고 격렬한 청춘기가 시작되면서 갖게 되는 무심한 기교, 자연스러움, 편안함이 묻어난다. 리듬이 빠르고 조화로운, 요컨대 잘 쓴 작품이라고 할 수 있다.

이 책의 성공은 나에게 하나의 축복이었다. 어떤 점에서 그것은 파리의 수녀원 부속 기숙학교에 다니던 내가 어느 날 그저 새벽

공부를 하지 않아도 된다는 이유로 영성체를 하러 가면서 이 자유로운 도시에서 성공하고 말겠다고, 이 도시에서 빛나는 명예를 쟁취하겠노라고 굳게 다짐했던 결과물이기 때문이다. 그 나이 때 품음직한 좀 고전적이라고도 할 수 있는 그런 야망 덕분에 나는 과도하고 진부한 다른 욕망에 휘둘리지 않을 수 있었다.

요컨대 그럴 만한 가치가 있든 없든 나는 빠르게 얻은 명예와 성취와 성공 덕택에 그것을 꿈꾸는 상태에서 일찌감치 벗어날 수 있었다. 만약 그것들을 얻지 못했다면 나는 줄곧 갈망하면서 살았을 것이다. 자존심 때문에라도 내가 실패에 오래도록 맞서 싸웠을 것 같지는 않지만.

그렇다. 이 작품을 쓴 시기는 8월, 장소는 파리다. 그 시절의 흔한 여름, 먼지투성이 대로가 아직 인파로 붐비지 않는, 그 시절의 텅 비고 아름다운 파리. 휴가를 떠올리게 하는 청사괏빛 혹은 진녹색 가로수 아래…. 나는 실내복 차림으로 주프루아 거리 길모퉁이 빵집에 가서 크루아상을 두 개 산다. 돌아오는 길에 내 몫의 크루아상을 뜯어 먹는다. 큰길만큼이나 텅 빈 버스와 수염이 덥수룩하고 독신처럼 보이는 한 남자 외에 아무와도 마주치지 않는다. 아버지에게 크루아상을 건넨 다음 나는 그의 엄격한 눈길을 받으며 내 것을 마저 먹어치운다. 그 눈길에는 앞으로 보름 동안 나에게 지배력을 행사할 생각에 미리부터 기뻐하는 빛이 역력하다.

7월, 학년 말 시험에 떨어진 내게 대학 입학 자격시험 준비학원으로 돌아갈 때까지 남은 시간은 보름의 방학 기간뿐이었다. "네 방학을 훔친 건 내가 아니야!" 어머니가 일침을 놓는다. 어머니는 6개월마다 한 번씩 학기가 시작될 즈음이면 정기적으로 훈계와 비판을 폭발적으로 쏟아냈다. 바로 그런 이유에서 7월 말이 되자 나는 온갖 벌을 감내할 만반의 준비를 한다. 바로 그런 이유에서 8월 한 달을 감옥에서, 여러 명의 여교사가 번갈아가며 단 한 달간 1년의 학습 내용을 가르치게 되어 있는 가혹하고 엄격한 기숙학원에서 보내게 되는 것이다. 우리 또래의 여자애들이 파시 거리를 줄 맞춰 산책하는 모습은, 주말이라는 사실을 차치하고라도 음산하기 그지없다. 거기에서 굳이 익살스러운 광경을 찾는다면 소형 오토바이를 타고 우리 뒤를 졸졸 따라오며 한숨짓던 어떤 남자의 모습뿐이다. 사실 나는 이미 한 해 전에 그 모든 일을 경험한 바 있었다. 그들처럼 그동안의 노력이 일말의 결실을 맺도록 여름 내내 공부해야 했던 것이다. 파시 거리를 출발하여 라뮈에트까지 걸어가는 일이 어떤 것인지도 나는 속속들이 알았다. 그럴 때면 우리의 수치심은 분노로 바뀌고 우리의 걸음은 거의 뜀박질이 되었다. 그 당시 나는 종종 무리에서 최대한 멀리 떨어진 채 행렬을 따라갔는데, 그런 나를 발견한 감독관이 호루라기를 불면 마치 자기 무리로 되돌아가는 양처럼 종종걸음을 쳐야 했다.

어떤 작가의 경우에는 어느 한 구절이나 한 단어가, 마치 어느 한 음색이 곡 전체에 영향을 주듯이 작품 전체에 특별한 의미를 부여하는 때가 있는 것 같다. 어쨌든 내 경우에는 작품마다 그런 순간이 있다. 『슬픔이여 안녕』에서는 안이 사랑하는 남자에게 자신이 한낱 정부에 불과했다는 사실을 깨닫는 때가 바로 그렇다. 그 순간 독자 역시 안이 이 이야기에서 비운의 존재가 될 것임을 안과 더불어 깨닫는다. 마찬가지로 또 다른 작품에서도 나는 어느 순간 주인공과 연인의 만남이 치명적이 되리라는 것을 독자와 함께 깨달았다.

그때 내 펜에서는 저절로 이런 서정적인 문장이 흘러나오고 있었는데, 그런 일은 내게는 흔치 않은 경우였다. "나탈리 실브네에 대해 말하자면 그녀는 그를 보자마자 사랑에 빠졌다."[2] 이런 구절이 도약하는 기쁨만을 예고하는 것은 아니다. 이런 식으로 첫눈에 반하는 일은 갈등을 야기하기 마련이다.

　10월, 뒤늦긴 했지만 2차 대학 입학 자격시험[3]을 가볍게 통과한 나는 댄스파티에 다니기 시작했다. 부모님은 그중 어떤 것은 허용하고 어떤 것은 금지했는데 거기에는 아무런 기준이 없었다. 한 청년이 우리 아파트 현관에서, 갑자기 보수의 화신이 된 우리 아버지에게 쫓겨나 몹시 곤란해한 일이 기억난다. 아버지가 쫓아버린 청년과 그의 친구들은 같은 반 여자 친구 집에서 열리는 파티에 같이 가기로 한 이들이었는데, 그 파티는 어머니가 흔쾌히 허락해준 것이었으므로. 낮 시간에는 다른 600명의 학생처럼 성실하게 소르본 대학교의 강의실에서 강의를 들으려고 노력했다. 어떤 강의는 강의실이 미어터질 정도로 수강생이 많았고, 또 어떤 강의는 텅텅 비었다. 수업을 듣지 않을 때에는 비외콜롱비에 극장으로 가서 시드니 베쳇과 앙드레 르베유오티[4]의 클라리넷 연주를 들었다. 그들의 연주는 내 오후를 때로는 위로해주고 때로는 뒤흔들어놓았다. 나는 그곳에 우두커니 서서 음악을 듣거나 운이 좋은 날이면 춤을 즐겼다. 그런 다

2 프랑수아즈 사강, 『찬물 속 한 줄기 햇빛』(1969).
3 1963년 이전까지 프랑스 대학 입학 자격시험은 1차, 2차로 나뉘어 있었다.
4 시드니 베쳇은 소프라노 클라리넷과 색소폰 연주자. 앙드레 르베유오티는 재즈 클라리넷 연주자.

음 돈이 떨어지면 종종 걸어서 집으로 돌아왔다. 나는 저녁 식사 시간에 맞추기 위해 헉헉거리며 전속력으로 달렸다. 생제르맹에서 와그랑 광장까지 달리면 집에 도착할 때쯤엔 얼굴에 핏기라고는 찾아볼 수 없었지만 가까스로 식사 시간에 맞출 수 있었다. 그 모든 것이 '수확한 포도 밟기'─아버지는 지터버그를 그렇게 묘사했다─를 하기 위해서였다. 이렇게 저녁마다 집까지 얼마나 빨리 달렸던지 아마도 육상 신기록을 몇 번쯤 갱신했을 것이다.

클라리넷 연주도 듣지 않고 지적인 토론─나는 소르본 동급생인 플로랑스 말로를 상대로 줄곧 토론을 벌였다─도 하지 않을 때면 나는 술집에 갔다. 사람 좋은 술집 주인은 나에게 커피를 무제한으로 제공해주었지만, 사실 마실 만한 커피는 아니었다. 나는 한가하면서도 고양된 상태로 별것 아닌 이야기를 쓰고 그것들을 끊임없이 고쳐 썼다. 나는 아주 또박또박한 글씨로 작고 푸른 노트를 채워나가기 시작했고, 틈만 나면 노트를 펼쳤다. 그 노트에 쓴 글이 바로 『슬픔이여 안녕』이었다. 그로부터 3년 후 나는 믿을 만한 친구에게 그 노트를 맡겼다. 내가 노트를 잃어버릴까 봐 그 친구가 노심초사했던 것이다. 그런데 얼마 지나지 않아 그녀는 중병에 걸렸고, 그런 상황에서 차마 노트를 돌려달라고 할 수 없었다. 친구가 병으로 세상을 떠나자 나는 그녀의 가족에게 노트를 돌려달라고 했지만 그런 건 없다는 대답만 들었을 뿐이다. 나는 친구가 노트를 금고 같은 상자에 넣는 것을 분명히 보았다. 하지만 지금은 역시 고인이 되어버린 친구의 어머니는 무슨 짓이라도 할 수 있는 못된 사람이었다. 내가 잃어버린 건 노트 하나지만 왠지 야비한 사람들이 사는 집에 어린애를 두고 온 것 같은 찜찜한 기분이 드는 건 어쩔 수 없다.

『슬픔이여 안녕』을 간단하게 정의하면, 시대를 막론하고 지루하지 않게 읽을 수 있는 작품이라는 것이다. 다시 한 번 말하지만 그 책에서 보이는 기교가 지금 내게는 좀 충격적으로 다가오고, 오늘날의 젊은이들이—폭넓은 나이대에 걸쳐—이 작품에 품고 있는 애정이 정말 그렇게 느껴서라기보다는 그저 듣기 좋은 칭찬을 해주는 것이 아닌가 하는 생각마저 든다. 적어도 그 책에 대해 이야기를 하는 사람들로부터 내가 받은 인상은 그러하다. 사람들은 내 책 중에서『슬픔이여 안녕』을 가장 먼저 읽는 것 같다. 물론 간혹 다른 책을 먼저 읽는 경우가 있기는 하지만. 『슬픔이여 안녕』은 언제나 나의 개인적인 문학적 회상의 여정 가장 윗부분에 자리 잡고 있다. 마치 고등상업학교, 국립행정학교, 파리이공과대학교, 광산공과대학교[5]를 모두 거친 한 아이가 이제 돌아와 할 일을 다한 사냥개처럼 내 무릎 위에 마지막 졸업장을 올려놓은 것 같다고나 할까.

이제『슬픔이여 안녕』에 대해서는 명성의 찬란한 광휘가 종종 가혹한 논평으로 바뀌었다는 말밖에는 더 덧붙일 것이 없는 것 같다. 일부 비평가들은 이 책이 성공을 거두었다는 사실, 그리고 그런 성공의 대가로 내가 아무런 벌도 받지 않고 여론의 뭇매도 맞지 않았다는 사실에 격분한 듯 말도 안 되는 악평을 쏟아냈다. 몇몇 신문은 내가 그 책을 쓰지 않고 우리 아버지나 내 친구 아나벨[6]이 쓴 것이라는, 혹은 어떤 나이 많은 작가에게 함구한다는 조건으로 돈을 주고 의뢰한 것이라는 기사를 실었다. 나는 이런 쑥덕공론에 별달

---

5 네 곳 모두 '대학 위의 대학'이라 불리는 프랑스 고등교육기관 그랑제콜에 속하는 학교다.

6 사강의 친구이며 가수인 아나벨 뷔페를 말하는 듯하다.

리 신경을 쓰지는 않았지만, 어쨌든 그런 터무니없는 소문을 불식하고 그 책을 쓴 사람이 바로 나라는 사실과, 내 책의 내용은 자전적인 것과 상관이 없음을 증명하기 위해 노력할 필요를 느꼈다. 남의 말을 하기 좋아하는 사람들이 내 인세 수입을 들먹이고 내가 그 돈을 함부로 쓴다고 떠들어대서 짜증스러웠지만 그 역시 그저 '속으로' 삭였다. 어쨌든 『슬픔이여 안녕』 덕분에 나는 나의 첫 차인 재규어 XK140을 살 수 있었다. 비록 중고차이긴 해도 아주 멋진 차여서 나는 상당한 자부심을 느꼈다. 부모님은 내 명성이 가져다준 반향을 감내하면서, 그 눈덩이가 눈사태로 바뀌어 내가 도저히 빠져나올 수 없을 지경에 이르는 모든 과정을 지켜보아야 했다.

첫 대담이 지금도 생생하게 기억난다. 당시 나는 부모님 집에서 살고 있었다. 기자는 말을 조금 더듬는 사람이었는데, 그와 이야기를 시작하자마자 내 안에서 잠자고 있던 말 더듬는 버릇이 되살아나는 바람에 나까지 말을 더듬었다. 우리는 작은 거실에 앉아 있었는데 그곳에서 큰 거실로 통하는 문이 반쯤 열려 있었다. 거실에 있던 어머니에게 우리의 대화 내용이 들렸던 모양이다. "그런데 무엇이 당신을 문-문-문학으로 이끌었나요?" 기자가 궁금하다는 듯이 물었다. 대답. "정말이지 나-나-나로서는 그게 어떻게 시-시-시작된 건지 잘 모르겠어요…." 이윽고 대담이 끝나고 기자는 녹초가 된 나를 남겨두고 돌아갔다. 어머니가 거실에서 나오며, 눈물까지 글썽이며 참고 참았던 웃음을 터뜨렸다. 어머니가 말했다. "이런! 미안하구나. 기자가 도착하자마자 자리를 뜨려고 했는데, 그 사람이 던진 첫 질문을 듣고는 그만 못 박힌 듯 그 자리에서 한 발자국도 움직일 수 없었단다…. 네가 그 기자를 따라 자동적으로 말을 더듬으리라는 걸 예상했거든. 아! 그 사람 정말 대단했어. 안 그러니." 나는 지친 듯이 어깨를 으쓱했다. 하지만 나도 조금 전의 기억이 떠올라 이내 어머니와 함께 웃기 시작했다.

사실 가장 견디기 힘든 일은 나에 대해 쓴 글을 읽는 것인데, 그럴 때면 그것이 설혹 호의적이거나 합리적인 경우여도 흠칫하게 된다. 예를 들면 이런 것이다. "야윈 몸매의 사강이 미소를 지으며 직접 문을 열어준다. 그러면서 특유의 심술궂고도 귀여운 태도를 취한다. '그러니까 당신은 내가 사랑에 대해 이야기하기를 바라시나요? 하지만 내 귀여운 약혼자가 몹시 화를 낼걸요. 그는 사생활이 알려지는 걸 몹시 싫어하거든요.'" 내게는 모욕으로밖에 여겨지지 않는 이 문장들은 게다가 이탤릭체로 강조 표시까지 되어 있어서 누가 보더라도 내가 한 말처럼 보인다. 이 기사에 나는 발끈했지만 쥘리아르 출판사 사장은 대수롭지 않다는 듯 그저 어깨를 으쓱했을 뿐이다. "음, 거기에 무슨 악의 같은 것은 없습니다. 그저 어리석은 말일 뿐이죠!" 하고 그가 나에게 말했다. 그는 요컨대 유쾌한 사람이었고 제대로 된 프랑스어로 말하고 있었는데, 수준과 상관없이 출판업계에서 그런 경우는 이미 드물었다. 그러니까 어리석음이 더 이상 모욕적인 게 아니라고 한다면, 나로서는 거기에 덧붙일 말을 찾을 수 없었다.

하지만 그런 불만은 마침내 내 책이 출판되었다는 미칠 것 같은 행복에 비하면 사소한 투덜거림에 불과했다! 물론 우연히 우울한 순간과 마주친 적도 있다. 어느 날 버스 안에서 나는 뭔가에 끌리듯 어떤 부인 앞자리에 앉았다. 그 부인은 열심히 책을 읽고 있었는데 그 책의 뒤표지에 생쥐 같은 내 얼굴이 나와 있었다. 그건 분명

기뻐해야 할 상황이었다. 그 부인은 놀랍게도 내가 모든 독자로부터 기대하는 열중한 얼굴로 내 책을 읽고 있었다. 하지만 이런……. 잠시 후 그 부인은 하품을 하더니 내 책을 가방에 집어넣는 것이 아닌가. 나는 다음 정류장에서 내렸다. 상처받은 마음으로….

　　내가 문단에 데뷔했을 때 에밀 앙리오, 로베르 캉, 앙드레 루소, 로베르 캉테르 같은 프랑스의 영향력 있는 비평가들은 어떤 책에 대한 '보고서'를 작성할 뿐 정작 자신들의 느낌을 말하지는 않았다. 독자는 그들이 어떤 기분으로 그 책에 접근했는지, 어떤 상황에서 그 책을 읽었는지는 모르고, 그저 그들이 객관적으로 그 책을 어떻게 생각하는지만 알게 되었을 뿐이다. 비평가들은 작품의 구성, 인물, 도덕성, 문체에 대해서만 이야기했다. 그들은 『슬픔이여 안녕』을 아주 참신하고 생생하며 잘 쓴 작품으로 보았다. 그 작품 속에서 그들은 당대에 대한 통찰까지 찾아내고는 그 사실에 전율하고 흥미로워했다.

　　그 작품의 이야기는 주인공이 처음으로 아버지와 한 달을 보내게 되는 프랑스 남부의 한 별장을 배경으로 펼쳐진다. 어머니를 여읜 주인공에 대해 알 수 있는 것은, 그녀가 수녀원 부속학교에서 별로 주목받지 못하는 학생이었다는 사실뿐이다. 이제 그녀는 막 자신만의 인생을 발견할 참이다. 그녀의 아버지는 별장으로 젊은 정부를 데리고 왔다. 그런데 죽은 엄마의 친구인, 훨씬 나이 많고 세련되고 우아한 여자 안이 도착하면서 버릇 나쁜 아이들 같은 주인공과 아버지의 휴가가 소용돌이친다. 이윽고 안과 사랑에 빠진 아버지는 그녀와 결혼하고 싶어 한다. 아버지가 변덕스럽고 어디로 튈지 모를 만큼 도덕의식이 없다는 사실을 잘 아는 세실은 이 결혼 계획을 수

포로 만들기 위해 계략을 꾸민다. 절망으로 내몰린 안은 운전 중 운전대를 틀어 자살하고 만다. 양심의 가책을 느끼며 세실은 어떤 낯선 감정을 경험하게 되는데, 이야기는 그 감정에 대한 토로로 시작된다.

문체에 대하여

내가 이 시점에서 당시의 비평을 하나하나 찾아보기란 불가능하므로 이후 인용한 내용들은 내가 기억하는 전체적인 분위기나 어조에 따른 것임을 밝혀둔다.

모리아크의 표현을 그대로 가져오면, 그는 「르 피가로Le Figaro」 1면에서 이 책을 두고 "첫 페이지에서부터 탁월한 문학성이 반짝인다"라고 썼다. 더 권위 있는 비평가들에 따르면 "이 책은 청춘의 대담함과 자유분방함을 전혀 저속하지 않고 품위 있게 그려낸다. 사강은 그녀가 불러일으킨 소동에 전혀 책임이 없다. 그녀의 두 번째 책이 우리를 실망시키지 않는다면, 새로운 작가가 우리에게 와주었다고 말할 수 있을 것이다."

이 정도가 『슬픔이여 안녕』에 대한 진지한 비평가들의 논평이라고 할 수 있다. 내가 덧붙일 말은 신기하게도, 세월이 지나도 젊은 세대가 이 책에 줄곧 흥미를 느낀다는 사실이다. 나는 내 책들이 영원한 생명력을 가질 것이라거나 현장성을 품고 있다거나 유행이 되리라고는 한 번도 생각해본 적이 없다. 하지만 아주 오래전부터 거리나 술집, 그 밖의 장소에서 내게 호감을 보이는 독자들을 만나는 건 무척 기분 좋은 일이었다. 만나는 사람들은 내게 종종, 매우 자주 이렇게 말한다. "당신이 참 좋아요. 당신 작품을 하나도 읽지는 않았지만, 당신은 정말 마음에 들어요." 그리고 나는 매번 그런 말에 매료된다. 혹시 사람들이 이런 애정을 내게 보이는 건 내가 내 책에 대해 자세하게 언급하지 않기 때문은 아닐까. 특히 텔레비전 방송에서 두서없이 잘 들리지 않는 목소리로 대답해 역설적으로 호감을 산 게 아닐까 하는 생각이 오래전부터 들었다. 내가 나 자신에 대해 과장하거나 이야기를 꾸며내는 걸 즐기지 않는 건 분명하다. 심지어 때로는 그런 일이 지루하기 짝이 없다. 어쨌든 나의 이런 태도를 방송국 사람들은 내 '공감 밑천'(여기서 '밑천' '소득' '결산' 등의 용어는 다른 재무 용어들이 그렇듯이 언제나 '소통'에 대한 것으로 귀결된다)이라고 부르는 것 같다.

　　그러니 『슬픔이여 안녕』에 대해 더 이상 이러쿵저러쿵 말하지 말자. 사람들이 이 책에 관해 이야기하다가 책 내용을 벗어날 때면 나는 신경질적으로 웃는다. 이를테면 다음과 같은 질문이 그렇다. "이 책은 사기인가요, 아닌가요?" 나는 이런 공적인 사강에 대해 아는 것이 별로 없다. 어쨌든 시작되자마자 나를 압도해버린 이 눈사태의 결과, 나 자신과 언론에 대한 피로감이 몰려왔다. 그 이후 나는 더 이상 나 자신에 대한 비평을 읽지 않게 되었는데 그런 태도를 취할 수 있었던 것에 안도한다.

나는 나를 파괴할 권리가 있다[7]

트리스탕 사뱅(문화비평가)

평생을 어린아이처럼

"엄마한테 할 말이 만치는 않아요. 내 머릿속에서 사랑하는 엄마에 대해 만이 생각하지는 않았거든요." 다섯 살짜리 어린아이가 철자법을 틀려가며 쓴 이 편지는 사강의 일면을 요약해서 보여준다. 어린 사강은 자기 자신에 대해 거짓말하지 않고 솔직하면서 깜찍하고 유창하게 말하고 있다. 여기에서 우리는 또한 때 이르긴 하지만 한 작가의 핵심을 말해주는 정의를 볼 수도 있다. 본명이 프랑수아즈 쿠아레인 사강은 1935년 6월 프랑스 로 지방의 카자르크에

---

7 사강은 그 불꽃같은 삶으로 인해 작품이 제대로 평가받지 못하는 작가이다. 프랑스의 문학비평가 트리스탕 사뱅이 문학보다 더 문학적이었던 사강의 삶을 출생부터 사망까지 추적했다. 사강이 사망하고 4년이 지난 2008년에 「렉스프레스」에 게재된 것이다. 원제는 'Françoise Sagan: dernières révélations'.

서 태어났다. 엔지니어였던 아버지는 전기 회사를 운영했다. 유쾌한 성격으로 조금 경박했던 어머니는 아이들의 교육과 집안일을 가정교사에게 맡겼다. 데뷔 무렵 사강을 만나 후에 그녀의 비서가 된 편집자 장 그루에는 이렇게 회고한다. "사강은 부모님을 무척 좋아했어요. 『슬픔이여 안녕』이 성공을 거둔 때로부터 3년 뒤에도 그녀는 여전히 부모님 집에서 살았지요. 사강의 아버지는 성격이 고약하고 좀 군인 같았는데, 그녀는 그런 아버지를 무척 재미있게 여겼어요. 그녀의 어머니는 무척 관대했죠…. 하지만 좀 보수적이었어요." 그들은 부르주아적 가치관을 지니고 있었노라고 사강의 외아들 드니 웨스토프는 전한다. "우리 집에서는 저속한 단어는 사용하지 않았고, 다른 사람에 대한 험담을 일절 하지 않았어요. 식탁에서는 정치, 종교, 돈에 대해 이야기하는 것이 금지되어 있었죠."

쿠아레 집안에서 사강의 위치는 비단 세 자녀 중 막내라는 자리에 머물지 않았다. 사강이 태어나기 얼마 전에 아기를 잃은 사강의 부모에게 그녀의 탄생은 하나의 기적처럼 보였다. 그래서 그녀의 아버지와 어머니는 아이의 모든 변덕을 다 받아주었다. 프랑수아즈의 언니 쉬잔은 사강의 전기 작가 마리도미니크 르리에브르에게 이렇게 털어놓는다. "프랑수아즈는 지나치게 응석받이로 자랐어요. 평생 그 애는 어떤 잘못을 해도 부모님으로부터 벌을 받지 않을 수 있는 권리를 누렸죠." 아홉 살 때 사강은 아버지의 자동차를 운전할 수 있었다. 아버지의 비서는 어린 사강에게 타자 치는 법을 가르쳐주어야 했다. 글쓰기와 속도. 전설의 씨앗은 그렇게 움텄다. 사강의 어머니는 나중에 외손자 드니에게 이렇게 말한다. "네 엄마는 두 살 때 책을 잡고 읽으려 들었단다. 하지만 책은 거꾸로 들고서 말이야.

아주 어린 나이에 동화를 썼고 기사 이야기를 시로 쓰기 시작했지. 그리고『르 시드Le Cid』[8]를 외워서 인용했어." 어린 사강은 말의 유희로 가까운 이들을 즐겁게 만드는 것을 좋아했다. 역설적으로 이 지적인 소녀는 반쯤은 소년이자 골목대장이기도 했다. 때 이른 성공으로 버릇이 나빠진 사강은 성인이 되어서도 남녀 양성의 '엄지 동자'[9]로 남게 된다. 그녀가 지나간 자리마다 담뱃불 자국이 남았다.

평생 사강의 호위대를 이루는 가장 친한 친구로는 플로랑스 말로와 베르나르 프랑크를 들 수 있다. 그들은 나이와 중산층 출신이라는 것도 같고 심지어 책과 사랑에 빠졌다는 것도 같았다. 한 가지 차이라면 두 사람이 유대인인 데 반해 사강은 아니라는 것뿐이었다. 세계를 휩쓴 공포에, 어른들의 거짓말에 직면한 명석한 세 사람은 서로 친해졌다. "나는 열두 살 때 모든 것을 다 이해했다"라고 프랑크는 단언했다. 사강 역시 그러했다. 하지만 그녀는 유대인 박해 문제에서는 죄책감에 시달렸던 것 같다. "그녀는 자신의 아버지가 레지스탕스였다고 말했지만 그것은 사실이 아니었어요. 그녀는 어느 날 저녁 식사 자리에서 자신의 거짓말을 폭로했다고 줄곧 나를 원망했지요"라고 전하며 그루에는 공모의 미소를 띠며 말을 잇는다. "그 점에 대해 그녀가 거짓말을 한 겁니다." 사강은 그 사실을 수치스러워했다. 상상력이 뛰어난 소녀는, 열 살 때 극장에서 본 다큐멘터리

---

8 장 라신, 몰리에르와 함께 프랑스 고전극의 3대 거장으로 불리는 피에르 코르네유의 작품.
9 샤를 페로의 동화 속 주인공. 가난한 가정의 막내로 태어난 작은 체구의 엄지 동자는 기근으로 부모에게 버림받고 형제들과 함께 식인귀에게 잡아먹힐 상황에서 용기와 기지로 어려움을 극복한다.

프랑수아즈 사강의 삶

에 나온 죽음의 수용소 장면으로 인해 평생 고통에 시달렸다. 독일의 프랑스 점령은 사강이 다섯 살일 때 시작되었다. 그 어린 나이에 그녀가 독일의 프랑스 점령에 대해 어떻게 비판적일 수 있었겠는가? 자신의 가족이 유대인 배척자라는 것을 알았다고 해도 그에 대해 무엇을 할 수 있었겠는가?

'학업 태만'을 이유로 우아조 수녀원 부속 기숙학교에서 퇴학 당한, 뾰족뒤쥐 같은 모습의 이 총명한 여학생은 지나치게 엄격한 환경으로부터 자기만의 방식으로 도망친다. 우선은 1953년 새 학기 때 소르본 대학교의 강의를 빼먹고, 이어 마약의 일종인 맥시턴을 복용하고 『위대한 개츠비The great Gatsby』로부터 부분적으로 영감을 받은 첫 소설을 쓰기로 한 것이다. 그다음에는 자신의 성을 바꾸었다. 그녀의 아버지는 "네 책의 저자명으로 우리 가문의 성을 써서는 안 된다"라고 말했다고 한다. 그녀는 『잃어버린 시간을 찾아서』 속에서 이름 하나를 골랐다. 그러면서 그때 이미 그 이름의 성별에 대해 모호하게 여지를 남겨둔다.[10] 그녀가 동질감을 느끼고 이름을 따온 인물은 사강 공작, 곧 보종 드 탈레랑페리고르일까, 아니면 사강 공작 부인일까?

앙팡 테리블 사강의 탄생

1954년 프랑수아 누리시에는 드노엘 출판사에 들어오는 원고를 읽는 일을 하고 있었다. 그는 『슬픔이여 안녕』의 원고를 받긴 했

10 사강은 평생 남자들, 그리고 여자들을 사랑했다.

지만 열어보지 않았다. 며칠 후 그는 한 친구의 충고에 따라 마침내 그 작품을 읽었다. 하지만 때는 너무 늦었다. 사강은 이미 쥘리아르 출판사와 출판 계약을 마친 참이었다. 그녀는 머릿속에 떠오르는 대로 2만 5천 프랑을 선인세로 요구했지만 르네 쥘리아르는 그 두 배를 제시했다. 편집자였던 르네는 사강에게서 이전에 그 출판사에 큰 돈을 벌어준 적이 있는 레몽 라디게의 면모를 보았던 것이다. 모든 것이 치밀하게 계획되었다. 1954년 3월 15일 출간된 책의 띠지에는 "마음의 악마"[11]라는 문구가 들어 있었다. 그 작품은 비평가상을 수상한 덕택에 즉각 성공 가도를 달렸다. 비평가상 심사위원 중에는 조르주 바타유, 마르셀 아를랑, 모리스 나도, 장 폴랑, 로제 카유아도 포함되어 있었다. 수상자 사강은 너무 어려서 은행 거래를 할 수 없었기 때문에 상금 10만 프랑을 수표가 아니라 전액 현금으로 지급해야 했다.

그로부터 일주일 뒤 노벨문학상 수상작가인 모리아크는 「르 피가로」 칼럼에서 "명징한 동시에 냉혹한" "무서운 소녀 작가"를 언급하면서 그녀의 문학적 재능에는 "이론의 여지가 없다"라고 말한다. 경기병파[12]로 불리는 그룹에서도 그녀를 인정해주었다. 자크 샤르돈은 로제 니미에에게 이렇게 편지를 쓴다. "이 젊은 아가씨는 위대한 예술가를 배출한 좋은 집안 출신입니다." 대중적인 언론은 이현상에 주목한다. 바티칸 당국은 이 "독과 같은 책을 젊은이들로부

---

11 레몽 라디게의 작품 제목 『육체의 악마』를 연상시킨다.
12 로제 니미에, 자크 샤르돈 등이 속한 문학 그룹. '경기병(Hussard)'이라는 이름은 1950년 발표된 로제 니미에의 『푸른 경기병Le hussard bleu』에서 나온 듯하다.

터 멀리 떼어놓아야 한다"라며 요주의 목록에 올렸다. 스캔들은 판매로 이어져 한 해에 50만 부 이상이 팔려나갔다. 「파리마치Paris-Match」의 통신원 미셸 데옹은 휴가 중인 이 신동을 방문했다가 그녀와 사랑에 빠진다. '스타 작가'가 된 사강은 생트로페에 자리를 잡고 브리지트 바르도에 이어 쥘리에트 그레코와 함께 새로운 유행을 선도했다. 그녀는 성악가 레진 크레스팽의 집에서 여러 밤을 보냈고, 배우 마리 트랭티냥과 함께 모습을 드러냈으며 자크 샤조, 쥘 다생과 어울렸다. 오토 프레민저는 그녀의 소설을 영화로 만들었다.

속도와 마약과 도박

이런 생활 속에서 사강은 즐거웠을까? 그루에는 사강 무리의 유명한 식사에 대해 이렇게 회상한다. "사강은 음식을 먹는 것에 전혀 관심이 없었습니다. 그저 프랑크에게 줄곧 포도주가 어떠냐고 물었죠. 그녀는 운전에는 능숙했지만 요리는 그렇지 못했어요." 사강의 빠른 자동차들은 그녀의 삶의 방식을 상징하고 전설을 확고히 하는 데 기여한다. 재규어 XK140, 메르세데스, 고르디니, 그리고 『항복의 나팔La chamade』의 성공으로 구입한 페라리 250GT가 그것이다. 하지만 로제 니미에가 그랬듯이 그녀는 1957년 애스턴 마틴을 타다 사고를 당한다. 혼수상태, 두개골과 골반, 흉곽 골절…. 가까스로 목숨을 건졌다. 그녀는 "필사적으로 위험을 무릅쓰는 것, 그 이상으로 바람직한 것도 없다"라고 사고 1년 전 『어떤 미소Un certain sourire』에서 썼다. 삶의 격정과 손잡기는 쉬운 일이다. 사강은 그녀보다 한 해 앞서 성공 가도에 오른 제임스 딘을 자동차 속도에서 앞질렀다. "사강이 없었다면, 삶은 죽도록 권태로웠을 것이다"라고 프랑크는 쓴다.

　　속도에 대한 도취와 더불어 약물 역시 사강의 삶에 너무 일찍부터 등장했다. 약물 역시 속도에 대한 탐닉 때문에 빠진 것이었다. 병원에서는 통증 완화를 위해 그녀에게 여러 달 모르핀을 처방했다. 첫 약물 중독 치료를 끝내고 나서 그녀는 술을 마시기 시작했다. 그녀는 『독Toxique』에서 "나는 내 안 저 깊은 곳에 있는 또 다른 짐승을 엿보는 한 마리 짐승이다"라고 썼다. 그녀는 친구 마시모 가르자에게 성공 때문에 줄곧 약물을 복용했노라고 털어놓는다. "언론의 호기심이 그녀를 으깨놓았다. 약물은 그녀에게 용기를 주었다. 그녀는 데뷔 무렵 내성적인 소녀였다"라고 가르자는 말한다. 자유로운 전후 세대의 화신이었던 그녀는 약물에 의존적인 존재가 되었다.

　　아드레날린은 사강의 동력이었다. 스물한 번째 생일을 맞으면서 사강은 이번에는 도박에 눈을 뜬다. 도박하는 사람에게 필수적인 냉정함, 요컨대 상대에게 자신의 감정을 감춘다는 점이 구미에 맞았던 것이다. 결국 과도하게 도박에 빠진 사강은 프랑스 전역의 카지노 업장에서 출입금지를 당한다. "나는 파산하는 일이 있더라도 낭만적이라고 여길 거예요"라고 그녀는 「텔레라마Télérama」와의 대담에서 말한다. 그녀가 사랑하는 숫자는 8이었다. 1958년 8이라는 숫자에 판돈 전부를 건 그녀는 하룻밤에 8만 프랑을 딴다. 아침 8시 그녀는 옹플뢰르 근처 에크모빌에 있는 브뢰유 성을 구입한다. 그녀는 과도하리만큼 열정적으로 살았다. 일도 마찬가지였다. 드라마 대본을 썼고(로제 바딤이 그녀의 작품 『스웨텐의 성Château en Suède』을 각색한다), 「렉스프레스L'Express」에 영화 평론을 썼으며, 자신의 작품 『브람스를 좋아하세요……』를 각색하면서 주인공 잉그리드 버그먼과 이브 몽탕을 돕기 위해 단역으로 출연하기도 했고, 클로드 샤브롤을 위해 시나리오 『랑드뤼Landru』를 쓰기도 했다. 사강은 강렬한 감정을 추구하면서 그 모든 감정을 직접 겪는다. 1960년 그녀는 121인 선언에 서명함으로써 알제리 주둔 프랑스 병사들의 부대 복귀 위반을 지지한다.[13] 그 직후 말셰르브 대로에 있는 그녀의 부모님 집이 폭탄을 맞아 파괴되었다. 사강의 아들 드니는 외조부에게 들은 말을 다음과 같이 전한다. "그날 외할아버지는 현관에 소포가 와 있는 것을 보았다. 그는 그것을 그냥 놓아두고 집으로 올라갔다. 아파트 문을 닫은 직후 그의 귀에 폭발음이 들려왔다. 그 건물의 모든 것이 산산조각 나버렸다. 마침 그날 어머니는 집에 없었다…." 사강은 또다시 구사일생으로 살아남았다.

사랑, 사랑 그리고 또 사랑!

사업가 피에르 베르제와의 결혼 계획, 이탈리아인 플레이보이 마시모 가르자와의 사랑, 사강의 이런 부산하고 무분별한 연애 행각은 장안의 화젯거리가 되었다. 가르자는 다음과 같이 회고한다. "나는 그녀를 1965년에 만났다. 나는 첫눈에 사랑에 빠졌다. 그녀는 무척 예쁘고 다정했다. 그녀는 나와 즐기고 싶어 했다. 우리는 문학 이

---

13 1960년 9월 6일 사르트르를 비롯한 프랑스 지식인 121명이 알제리 전쟁에 투입된 프랑스 병사들의 항명을 정당한 행위로 규정하는 「알제리 전쟁에서 복종하지 않을 권리 선언」을 진보 잡지에 게재하여 항의한 사건.

야기 같은 것은 결코 하지 않았다! 그녀는 자신을 괴롭히는 문제들을 잊고 싶어 했다…." 사강은 또한 여자들도 좋아했다. 1955년 플로랑스 말로는 사강과 그레코의 만남을 주선한다. 생제르맹데프레의 조언자 쥘리에트 그레코는 이미 자크 프레베르, 레몽 크노, 사르트르가 써준 가사로 노래를 부른 바 있었다. 사강은 그녀에게 노랫말 네 곡을 써준다. 그중에는 세르주 갱스부르보다 10년 앞서 샤를 아즈나부르가 부른 〈당신을 사랑하지 않는다면Sans vous aimer〉도 있다. 이는 『화장한 여자La femme fardée』의 작가인 사강과 가수 쥘리에트 그레코의 만남을 다룬 미카엘 델마르의 책 제목이기도 하다. "젊고 태평했던 우리는 사랑을 사랑했어요. 우리는 종종 그걸 했지만 언제나 같은 상대와 한 건 아니었어요"라고 그레코는 말한다. "사강의 사생활에는 언제나 진지한 내면과 신랄한 유머가 섞인 뭔가가 있었어요. 우리는 만나자마자 공감대를 발견하고 어린아이처럼 순수한 감정을 나누었답니다."

사강은 그녀에게 호랑이 헝겊인형을 선물한다. "나는 그걸 오랫동안 간직하고 있었어요. 천에 온통 좀이 슬 때까지요"라고 그레코는 말한다. 20년간 사강 주변 인물들과 교제했던 델마르는 이렇게 말한다. "내가 아는 사강은 동성애자였어요. 그녀는 오랫동안 스타일리스트인 페기 로슈와 함께 살았는데 페기는 그레코를 닮았어요. 충격적인 사실이죠. 사강은 자신이 동성애자라는 사실을 좀처럼 인정하려고 들지 않았어요. 그녀는 선배 여성 작가 콜레트와는 달리 자신의 소설 속에서 여자들 간의 관계를 다루지 않았어요. 그녀에게 동성애는 수치스러운 일이었거든요." 델마르가 지나치게 자신의 관점에서만 이야기하고 있는 것은 아닐까? 가르자는 이 말을 반박

프랑수아즈 사강의 삶

한다. "그녀 주변엔 늘 남자가 많았어요. 심지어 알랭 들롱과도 스캔들이 있었죠. 그녀는 그레타 가르보와는 달리 동성애자가 아니었어요. 가르보는 남자의 성기를 견딜 수 없어 했죠. 사강은 섹스를 무척 좋아했고 성적인 상상력이 풍부했어요. 그녀는 나를 데리고 종종 러브호텔에 갔어요. 온갖 경험이 그녀를 즐겁게 했죠. 심지어 그녀는 스카이다이빙까지 하고 싶어 했어요…" 사강의 집에서 살다시피 했던 작가 베르나르 프랑크와 사강이 과연 어떤 관계였는지 많은 사람이 의문을 품었다. 그 대답을 해주기에 가장 좋은 위치에 있는 사람은 물론 2004년 사강이 세상을 떠날 때까지 그녀를 돌봐주었던 친구 그루에일 것이다. "프랑크는 수줍은 성격이었어요. 그는 나에게 그 점에 대해 말하지 않았지만, 두 사람 사이에 아무 일도 없었다고 나는 확신해요. 그들의 관계는 다른 사람들과는 많이 달랐어요. 두 사람은 종종 다투었어도 서로를 몹시 아꼈죠. 내게 사강은 정신적인 의미에서 운명의 여자였던 것 같아요. 내가 그녀와 잠을 자지 않겠다고 단언했더니 나에게 나가라는 듯 문을 가리키더군요…" 두 사람이 알고 지내던 무렵 그루에는 바르도와 작업한 영화 촬영에서 바딤을 도왔다. 당시 사강은 바딤과 함께 발레극 〈놓쳐버린 만남Le rendez-vous manqué〉의 기획을 맡고 있었다. "그녀가 말하더군요. '당신은 춤에 대해 좀 아시나요? 난 모른답니다. 우리 아는 체하기로 해요.' 그녀는 무대 감독으로 파블로 피카소를 쓰고 싶어 했어요. 그것도 무보수로요. 나는 피카소를 만나기는 했지만 피카소는 하지 않겠다고 했어요. 결국 사강은 베르나르 뷔페와 작업하게 되었죠."

변덕이 심했던 사강은 또한 노련한 유혹자이기도 했는데 때로는 정도가 지나쳐 사악하기까지 했다. "카우보이 셔츠와 가죽 벨트를 한 사강의 소년 같은 모습"에 매료된 아니크 제유[13]는 그 대가를 치르게 된다. 사강은 정숙하지 않았다. 그녀는 파트너 없이는 지낼 수 없었다. 사강이 별자리의 영향을 받았는가 하는 질문에 델마르는 그녀가 사르트르와 서른한 살의 나이 차이로 생일이 같다는 사실을 환기시킨다. "그들은 쌍둥이자리예요. 그러니까 아주 선수들이죠. 그녀는 이중적인 태도를 취했고 가면을 썼으며 잡힐 듯 잡힐 듯하면서 줄곧 빠져나갔죠." 사강이 작품 속에 쓴 솔직한 표현들이 그런 그녀를 대변한다. 사랑? 그건 돈과 같았다. "돈은 일단 쓰는 거죠. 생각은 그다음에 하고요." 사강의 작품 중 하나를 분석한 후 로맹 가리는 이렇게 쓴다. "사강에게서는 죄책감 같은 것을 전혀 찾아볼 수 없다."

그런데 반전이 있다. 어느 아름다운 날 사강이 자기보다 훨씬 나이가 많지만 유혹자로 명성이 자자한 편집자 기 쇼엘러와 결혼한 것이다. 가르자는 그 일을 이렇게 설명한다. "그는 아버지처럼 사강을 보호해주었죠." 쇼엘러는 후에 전기 작가 장클로드 라미에게 이렇게 말한다. "우리는 그녀를 결코 어리석은 현행범으로 취급해서는 안 됩니다." 그들의 결합은 오래가지 않았다. 사업을 하는 남자는 자기 아내를 따라 카지노에 갈 수 없었으므로…. "장난꾸러기 릴리"(사강에 대해 사르트르가 한 표현)는 1962년 잘생긴 미국인 조각가와 재혼했다. 그루에는 당시 그와 자주 만났다. "밥 웨스토프는 동성애자였어요. 그는 셀린의 전기 작가인 프랑수아 지보[15]와 함께 살

14 Annick Geille. 한때 사강과 동거했던 프랑스 작가이자 언론인.
15 François Gibault, 1932~ . 프랑스의 변호사이자 작가로, 소설가 루이 페르디낭 셀린을 연구해 세 권의 전기를 썼다.

프랑수아즈 사강의 삶

았죠. 사강은 그의 아이를 임신했다는 사실을 깨닫고 서둘러 결혼하기로 했어요. 밥은 좋은 아버지였어요. 하지만 알코올 의존증으로 죽고 말았죠."

군인과 배우, 모델이라는 소설에나 나올 법한 독특한 이력을 지닌 웨스토프는 사강의 작품을 영어로 번역하기도 했다. 그들 사이에서 아들 드니가 태어났다. "사강은 정말 그 아이를 원했어요. 아이가 없었다면 그녀는 인생을 살아내지 못했을 거예요." 가르자는 말한다. 겸손하고 눈치 빠르며 예의 바른 그 아이는 현재 마흔다섯 살이 되었고, 사강을 많이 닮았다. 특히 웃을 때면 더욱 그렇다. 그는 자기 곁에 늘 있어주었던 어머니에 대한 추억을 간직하고 있다. "어머니는 늘 내가 어디 있는지 파악하고 있었습니다. 어머니는 나를 걱정했죠." 자기 자신에 대해서는 무책임하다고도 할 수 있던 그녀는 아들에 대해서는 그렇지 않았고 원칙대로 키웠다. "내가 술집을 지나치게 자주 드나든다는 사실을 안 어머니는 나를 군대에 보내기로 결정했죠." 사강은 아들의 교육에도 신경을 썼다. "어머니는 내게 『파르마의 수도원La chartreuse de Parme』을 비롯해 어머니가 좋아하는 소설을 읽게 했습니다. 집에는 도처에 책이 쌓여 있었죠."

프랑크가 사강을 두고 말한 "문학계의 샤넬" 신화 덕분에 정작 그녀가 쓴 작품의 빛이 종종 가려졌지만, 사강의 작품은 처음부터 프루스트와 스탕달의 강력한 뒷받침을 받고 있었다. 베르트랑 푸아로델페슈는 그 사실을 다음과 같이 환기시킨다. "사강은 무엇보다 본질적으로 작가다." 2004년 『리르Lire』에서 장자크 브로쉬에가 강조하고 있듯이 사강의 책들은 나이를 먹지 않는다. 사강은 흔히 일은 하지 않고 놀기만 한다는 비판을 받았지만 사실은 시나리오, 시, 가사 외에 1년 6개월마다 한 권씩 책을 출간했다. 사람들이 글 쓰는 그녀의 모습을 보지 못한 것은, 그녀가 밤에 혼자 클레르퐁텐 노트에 문장을 채워 넣었기 때문이다. 1970년부터는 원고를 구술하기 시작했는데 새벽 4시에 비서를 깨우는 일도 서슴지 않았다. 로르 아들러는 1991년 크리스티앙 부르주아 출판사에서 처음 근무하던 때의 일을 이렇게 회상한다. "나는 사강과 함께 소설 『끈La laisse』을 작업했어요. 그녀는 무척 요구 사항이 많았어요. 자기 작품을 읽고 토론하고 수정하기를 좋아했죠. 그녀에게는 다른 사람의 비평이 절실했던 것 같아요. 그녀에게 문학이란 두 번째나 세 번째 주물로 형태가 완성되는 결과물이 아니라 줄곧 진행 중인 작업, 요컨대 건설 현장의 비계에서 나오는 것이었어요. 그녀는 썼던 글 대부분을 다시 쓰고 다시 한 번 읽어보라고 하고, 원고가 인쇄소로 넘어가는 그 순간까지 수정하고 또 수정했어요. 얼핏 보면 무척 불안정하고 소심했죠. 사실 어린 소녀나 다름없었어요. 어찌해야 좋을지 몰라 쩔쩔매는 소녀 말이에요." 당시 사강은 보호 본능을 불러일으키는 그런 여자였다. 그 정도로 그녀는 자신의 명성에 대해 무심했다. 이른바 '사강 신드롬'이란 무엇인가? 정작 당사자인 사강은 그것이 '무엇보다도 사회학적인 현상'이라고 여긴다. 그녀는 시몬 드 보부아르마저 주눅 들게 만들었다. 어쩌면 그녀의 예리한 눈길 때문이었는지도 모른다…. "그녀는 아무것도 놓치지 않았다. 나는 그녀가 모든 것을 파악하고 있다는 느낌을 받았다"라고 아니크 제유는 회상한다. 한편 사강의 전기 작가 르리에브르는, 사강이 에이바 가드너[16]마저 정복했노라고, "지성의 힘으로 세상에서 가장 아름다운 여인의 마음을 사

프랑수아즈 사강의 삶

로잡았다"라고 말한 바 있다.

　지성은 줄곧 그녀의 관심사였다. 사강이 대담집 『답변들Réponses』에서 지성에 대해 내린 다음과 같은 정의는 곧 공감에 관한 정의라고 할 수 있다. "상상력을 동원함으로써 우리는 다른 사람의 입장에 설 수 있다. 그리고 우리가 다른 사람들을 이해한다면 그들을 존중할 수 있다. 지성이 무엇인지 알기 위해서는 무엇보다 먼저 그 용어의 라틴어 의미를 이해해야 한다."[17] 그녀는 스스로에게 이 원칙을 적용했다고 아들러는 말한다. "그녀는 다른 사람들과 직접적이고 소박하며 단순한 관계를 맺었다. 그녀는 상대를 자신과 대등한 위치에 두고 대우했다. 상대가 아무리 보잘것없는 사람일지라도." 제유는 이렇게 암시한다. "누구에게도 상처 주고 싶지 않은 마음이 너무 강한 나머지 그녀는 상대방이 아무리 지루한 이야기를 늘어놓아도 그들의 교제가 신성하다고 여겨질 만큼 집중하는 위선적인 반응을 보이기도 했다." 하지만 지루함이 정도를 넘어서면 초대한 손님들을 내버려둔 채 책 속으로 빠져들었다. 그녀의 작품 전체에는 좀 특이한 이런 고독이 흠뻑 배어 있다. 책은 그녀에게 하나의 피난처였다. "우리가 로마에서 함께 살 때 사강은 종종 콜로세움 앞에서 몇 시간이나 죽치고 앉아 책을 읽었다"라고 가르자는 전한다. 그녀가 "좋아한 수많은 책" 중에는 포크너의 『야생 종려나무The wild palms』, 뱅자

16　Ava Gardner, 1922~1990. 1950년대의 대표적 섹스 심벌이던 미국 영화배우.

17　'intelligence'의 라틴어 어원은 '사이' '내부'라는 뜻인 'inter'와 '선택하다' '읽다'라는 뜻인 'lego'가 결합된 'intellego'이다. 따라서 '행간을 읽는다' '사이에서 선택한다'는 뜻이 된다.

맹 콩스탕의 『아돌프Adolphe』, 사르트르의 『말Les mots』도 있다. 그녀
는 프루스트 작품의 여주인공 같은 존재가 되기를 꿈꾼다. 로칠드
같은, 귀족적인 자음을 지닌 단어들에 끌리는 그녀의 취향이 거기
서 기인한다. 하지만 게르망트 공작 이후 시대가 변했다. 스콧과 젤
다 피츠제럴드처럼 그녀 역시 프랑크와 커플을 이룬다. 사강의 희곡
『밤낮으로 날씨는 맑고Il fait beau jour et nuit』의 여주인공 이름도 젤다
가 아니던가? 사강은 언제나 연극을 사랑했다. 그리고 노래도. 그녀
는 빌리 홀리데이, 오손 웰스, 테네시 윌리엄스에게도 감탄한다. 미
국 체류 시 그들과 교류한 그녀는 『내 최고의 추억과 더불어』 속에
서 기념할 만한 그들의 초상을 정교하게 그려낸다. 사강은 상처 입
은 사람들과 잘 통했다. 왜냐하면 요컨대 그녀 역시 그들처럼 상처
입은 존재였던 것이다. 로르 아들러는 이렇게 말한다. "내 세대 여자
들의 눈에 비친 그녀는 자유로운 성, 속도감과 우아함을 동시에 갖
춘 문장의 아이콘이었다. 그녀는 맹렬한 속도로 자동차를 몰았고 뜨
거운 모래밭과 잘생긴 남자들을 좋아했다. 하지만 실제의 그녀에게
는 그렇게 화려하게 묘사된 눈부신 면이 없었다. 그녀는 스스로에
대한 확신이 없었고 일부러 겸손함을 보인다거나 가식을 떨 줄도 몰
랐다. 그녀는 존재의 고통에 갇혀 있었다." 그런 그녀가 엄격하게 사
수한 유일한 분야는 글쓰기였다.

　『슬픔이여 안녕』이 나온 지 20년 후에도 여전히 현역으로 활
동하던 사강은 암페타민, 진정제, 코카인, 모르핀 주사, 알코올 중독
에 따른 섬망과 발작, 요양원으로 이어지는 병적 허기에 시달리는
펑크족 같은 삶을 산다. 그녀는 조직폭력배 남편과 사별한 여자와
내밀한 관계를 맺기도 하고 마약중독자들과 어울리기도 한다. 그녀

의 집은 사교계 무리에 점령당한다. 『구토La nausée』를 읽은 사강은 사르트르의 친구 역할을 자임한다. 그즈음 그녀는 플라마리옹 출판사 대표와 사이가 나빠진다. "플라마리옹 출판사는 어머니의 모든 책을 판매대에서 빼고 지형[18]을 폐기하기까지 했다"라고 아들 드니는 말한다. 가르자는 1985년 그녀와의 재회를 이렇게 회고한다. "마흔 살의 나이에 벌써 삶에 지친 그녀에게는 삶으로부터 벗어날 힘이 없었어요. 그녀는 밤의 클럽이나 사교계를 더 이상 견뎌낼 수 없었지요. 요컨대 그녀는 젯셋족[19]의 세계를 더 이상 좋아하지 않았어요. 바르도처럼 그녀도 요란한 삶보다는 소박하게 사는 편을 더 선호했죠."

프랑수아 미테랑 대통령 집권기는 그녀의 마지막 황금기였다. 당시 엘리제궁의 문화 고문이던 아들러는 이렇게 말한다. "사강과 미테랑은 몹시 가까웠습니다. 두 사람은 종종 함께 헬리콥터를 타고 돌아다녔지요. 어느 날은 그녀가 늦게 도착해 대통령을 비롯한 수행원들을 기다리게 했는데, 미테랑 대통령은 그런 일을 매우 재미있어했습니다. 두 사람은 연인 관계와는 다른 의미에서 아주 친밀했어요. 미테랑 대통령은 이따금 내게 감탄조로 사강에 대해 말했지요. 그는 사강의 책을 전부 읽었어요." 그러나 이 우정은 사강에게 수많은 시련을 안겨줄 뿐 아니라 대중에게 그녀에 대한 왜곡된 이미지를 심어주게 된다. 1985년 미테랑 대통령의 콜롬비아 공식 방문 때 동행했다가 혼수상태에 빠진 사강은 프랑스로 긴급 후송된다. 언론에

18 금속활자를 모아 판을 짜고 떠놓은 인쇄 원판.
19 1년 내내 비행기나 크루즈를 타고 여행을 다니며 삶을 즐기는 사람들.

서는 약물 과용이라고 보도했고, 정부 입장을 대변한 자크 랑은 고산병이라고 발표했다.

"나는 잃는 걸 좋아해요"

1991년 엘프 스캔들[20]의 주모자 중 한 사람인 앙드레 겔피는 우즈베키스탄에 있는 석유회사의 활동을 지원하도록 프랑수아 미테랑에게 청탁해줄 것을 사강에게 요구한다. 빚에 몰린 사강은 550만 프랑의 커미션을 받기로 하고 그 제안을 수락한다. 중간 역할을 했던 마르크 프랑스레의 말에 따르면, 그 금액 중 일부만이 노르망디에 있는 사강의 성 공사대금 형태로 송금되었는데, 사강은 그 돈을 국세청에 신고하지 않았다. "어머니에게는 장난꾸러기 같은 면이 있었고, 자잘한 속임수를 좋아했지요. 미테랑 대통령은 어머니를 마타 하리에 비교하기도 했어요. 하지만 이 사건에서 어머니는 돈세탁에 이용된 셈이었어요. 공사비는 400만 프랑으로 청구되었지만, 실제로는 그 3분의 1도 못 되었죠." 사강의 법정 상속인 드니 웨스토프는 항변한다. 2002년 2월 사강은 조세 포탈 혐의로 집행유예 1년을 선고받고, 벌금을 포함해 은닉한 돈을 모두 반환해야 했다. "그녀는 평생에 걸쳐 받은 선물 중에서 가장 좋은 물건과 보석을 팔아야 했어요. 그녀의 최근작에 대한 저작권은 국세청에 압류되었고

---

20 롤랑 뒤마 당시 프랑스 외무장관이 뇌물을 받고 방위산업체 톰슨-CSF에서 제작한 군함을 대만에 판매하도록 허가한 사건. 프랑스 국영 석유회사인 엘프 아키텐이 양국의 고위 공직자 사이를 중개하며 뇌물 공작을 벌였기에 '엘프 스캔들'로 불린다.

요."가르자는 증언한다. 그 시대 영향력 있는 인물들의 친구였던 그녀는 스스로가 법 위에 있다고 여겼으나, 공식적으로는 자신의 문제에서 벗어나지 못한 것이다.

사강의 에이전트이자 편집자인 그루에는 재정적인 문제를 사전에 막으려고 애썼다. "빚에 허덕이자 사강은 책을 썼어요. 그녀는 나에게 단편소설 하나를 세 차례나 팔게 했죠. 그녀는 늘 돈이 필요했어요. 내게 돈을 빌릴 때면 이런 식으로 말했죠. '난 당신에게 이 돈을 갚을 수 없을 거예요. 하지만 내가 원해서 그러는 게 아니에요.' CBS 방송은 그녀가 바르도와 인터뷰를 하는 대가로 2만 달러를 지불하겠다고 제안했어요. 문제는 그 두 사람이 서로 할 말이 전혀 없었다는 거죠…." 가르자는 암거래에 관한 흥미로운 일을 기억한다. "사강은 친구 마리엘렌 드 로칠드에게서 받은 금이나 은, 크리스털 제품을 되팔았어요. 마리엘렌은 사강의 희곡『스웨덴의 성』을 후원한 적이 있었죠. 어느 날 그 사실을 안 마리엘렌은 사강에게 주는 선물을 인조 모피 같은 것으로 바꾸었어요. 그러자 돈이 필요해진 사강은 아주 부자인 친구의 책에 서문을 쓰면서 그 대가로 몰래 돈을 요구했답니다…."

하지만 사강의 작품은 세계 각지에서 오랜 세월에 걸쳐 많은 수입을 벌어들였다. 『슬픔이여 안녕』은 이탈리아에서 베스트셀러가 되었고, 미국에서 200만 부가 팔렸다. 미국 폭스사는 소설『마음의 파수꾼le garde du cœur』에 대한 원작료로 10만 달러를 지불했다. 그녀의 작품은 한국어와 중국어로도 번역되었다. 사강은 냉전 시대에 러시아에서 금지되지 않은 드문 프랑스 작가 중 하나였다. 신문기자 기욤 뒤랑은 사강의 열렬한 옹호자다. "사강은 자신의 수입을 속이지 않았습니다. 그녀는 다른 사람들처럼 세금 때문에 스위스에 정착하지도 않았고요. 그녀는 자신의 돈을 친구들에게 나누어주었습니다. 그녀가 자기 몫으로 가진 것은 자동차와 괴상한 집 한 채뿐이었어요. 사람들은 지독히도 그녀를 이용해먹었지요. 모두들 자신이 그녀의 가장 좋은 친구라고 떠벌리면서 말이죠." 사강과 가까웠던 모든 사람은 사강이 그런 면에서 얼마나 관대했는지를 기억한다. "그녀의 식탁은 모든 사람에게 열려 있었어요. 최고급 포도주와 캐비어와 함께요." 가르자는 단언한다. "그녀는 보석과 옷, 자신의 원고까지 사람들에게 선물했지요. 그녀가 아들에게 남긴 것은 철자를 알아볼 수 없는 미간행된 원고 하나뿐이에요." 탁월한 도박꾼이었던 그녀는 물질적인 재산에 대해 이렇게 말했을 뿐이다. "난 잃는 걸 좋아해요."

이 퇴락한 스타는 말년에 이르러 백만장자의 아내인 여자 친구 잉그리드 므슐람의 포슈 대로에 있는 저택에서 살았다. 파산하여 수표조차 발행할 수 없던 사강은 겨우 자신이 피울 담배 정도만 살 수 있었다. "그분은 어머니를 돌봐주었어요. 병원에 데려가기도 하고 재정적인 난관에서 구해주기도 했죠. 하지만 그분 때문에 어머니는 세상과 단절된 상태로 지내야 했어요." 드니는 말한다. 그러나 사강에게 그녀를 소개한 장본인인 가르자는 므슐람을 옹호했다. "사랑에 빠지면 사람은 소유욕을 갖게 되죠. 잉그리드는 어쨌든 12년 동안 사강을 끝까지 부양했어요…. 장 콕토가 말했듯이 사랑에는 증거가 남는 셈이죠!" 기욤 뒤랑은 당시 사강과의 대담집 집필을 위해 영락한 사강을 자주 만났다. "사강이 가장 크게 상처 입은 일은 국세

청 사건이었어요. 그녀는 궁지에 몰렸다고 느꼈죠. 우아한 환멸 속에 스스로를 고립시켰어요. 삶의 마지막 단계에서 모든 것을 빼앗긴 채 보석 상자 속에 침거한 거죠. 그리고 그녀가 겪고 있던 코카인 문제에 대해서는 아무도 그녀를 도울 수 없었어요. 그녀는 돈에 대해 명확하지 못했어요. 사회는 그걸 용납하지 않죠. 당시 예산처 장관이었던 샤라스는 자신이 사강을 도와주지 않았다는 사실을 공개적으로 떠벌리고 다녔어요!" 아들러에 따르면 엘리제궁에서는 그 빚을 탕감해줄 수도 있었다고 한다. 하지만 전 엘리제궁 고문은 이제 더 이상 그 문제에 대해 입을 열지 않는다. 가르자의 말은 좀더 시사적이다. "미테랑이 실각한 것이 사강에게는 치명적이었죠." 뒤랑은 이렇게 말한다. "좀 불량스러운 친구들만이 사강에게 손을 내밀었어요. 프랑스레는 사강이 조니 알리데에게 노래 가사 하나를 팔게 해주었죠." 그 가사는 그녀가 쓴 마지막 글이 된다. "그녀는 육체적으로 무너져가고 있었고, 점점 더 만나기 어려워졌어요. 그녀의 집 문은 더 이상 열리지 않았죠. 심지어 미테랑에게까지도." 뒤랑에게도 역시 그 문은 열리지 않았다. 대담집은 영원히 빛을 보지 못했다. "그녀는 파자마 차림으로 지냈고 영어로 된 소설을 읽고 침대에서 글을 썼어요. 그 유명한 쿨 담배를 손에 쥐고서요. 하지만 그녀는 여전히 조용하고 매력적이었으며 나를 만나기 직전에는 화장을 했지요." 아들러는 그 무렵 포슈 대로로 사강을 만나러 간다. "그녀는 쇠약해질 대로 쇠약해진 데다 불안 증세를 보였어요. 걸을 때는 종종걸음을 쳤고 창 하나를 여는 데에도 몹시 시간이 걸렸죠. 나는 그녀의 전기를 쓰기 위해 그곳에 갔지만, 차마 메모를 할 수가 없었어요… 종교 같은 심오한 주제에 대해 대화를 나누었던 일이 생각나요. 저

녁이 되자 그녀는 어둠 속에서 이야기를 계속했어요. 불조차 켜지
않고요.”

　　사강은 2004년 9월 24일 에크모빌에서 폐부종으로 세상을 떠
났다. 그녀는 페기 로슈 곁에 잠들어 있다. 마지막까지 친구로 남은
이들과 함께 그녀의 장례식에 참석한 쥘리에트 그레코는 이렇게 말
했다. “그녀는 사랑하는 고향 카자르크에, 자신이 사랑했고 자신을
끝까지 사랑해준 여자와 함께 묻어달라고 했습니다.” 하지만 정작
그녀가 사랑했던 이의 이름은 묘석에 새겨져 있지 않다. 끝까지 수
줍어한 것일까. 그녀가 전기를 썼던 사라 베르나르에 대해 사강은 이
렇게 쓰고 있다. “나는 그녀가 끝까지 잃지 않은 그 유머를 사랑했
다. 그녀는 행복하고 유쾌한 삶을 살았고, 수많은 연인을 가졌다는
이유로 벌을 받지도 않았다.” 사강은 사람들이 자신에 대해서도 같
은 말을 해주었으면 하는 소망을 남모르게 갖고 있었던 것일까?

해설

'사강다움'의 원전,
그 소설 속에서 '나'를 만나다!

김남주(번역가)

프랑스 서점 프나크와 일간지 「르 몽드」가 선정한 '20세기를 대
표하는 책 100권'의 마지막 선별 과정은 1만 7천 명의 프랑스인들에
게 '지금 당신의 머릿속에 남아 있는 것은 어떤 책인가?'라는 질문
을 던져 얻은 대답을 취합하는 것이었다. 그러니까 서점 담당자와
기자 들이 먼저 200권의 작품을 뽑은 다음 사람들의 머릿속에 가
장 깊이 남아 있는 작품과의 교집합을 취한 것이다. 프랑스 작가와
그 외 다른 나라 작가가 거의 비슷한 비율을 이루는 다분히 프랑스
중심적인 이 목록에는 전문성이 강한 다른 목록들과는 달리 르네
고시니의 『아스테릭스Astérix』 같은 만화, 애거서 크리스티의 추리소
설, 프리모 레비의 기록문학 같은 책들도 포함되어 있다. 세상 그 무
엇이든, 특히 정신의 길목에서 만나는 책은 지금 여기의 '나'와의 연
관하에서 의미를 갖는다. 이 목록의 1위는 알베르 카뮈의 『이방인
L'étranger』이고, 앙드레 지드의 『사전꾼들Les faux-monnayeurs』은 30위
에, 아르튀르 랭보는 빠져 있고 프랑수아즈 사강의 『슬픔이여 안녕』

185   해설

은 41위에 올라 있다.

발표되자마자 평단과 독자의 격찬을 받으며 거의 단숨에 세계적인 베스트셀러가 된『슬픔이여 안녕』은 프랑수아즈 쿠아레가 1954년 열여덟의 나이로 발표한 첫 소설이다. 1935년 프랑스 카자르크의 유복한 중산층 가정에서 태어나 1951년 가족과 함께 파리로 이주한 그녀는 수녀원 부속 기숙학교를 다녔고 소르본 대학에서 수학했다. 대학 재학 중 그녀는 푸른색 노트를 펼치고 자신의 글을 쓰기 시작해 마침내『슬픔이여 안녕』을 완성한다.

이 작품의 성공으로 프랑수아즈 사강이 된 그녀는 속도와 파티를 즐기는 한편 글 쓰는 삶을 시작한다. 사강이라는 필명은 마르셀 프루스트의『잃어버린 시간을 찾아서À la recherche du temps perdu』에 나오는 사강 공작 혹은 공작 부인에서 따온 것이다. 사실 사강만큼 주인공의 이름으로, 작품을 여는 제사로, 작품 속 인용구로 자신이 존경하는 작가들에게 경의를 표한 작가도 드물다.『한 달 후, 1년 후Dans un mois, dans un an』라는 제목은 라신의 희곡『베레니스Bérénice』에 나오는 티투스와의 이별 장면에서 베레니스가 한 말에서 따온 것이고,『신기한 구름Les merveilleux nuages』은 보들레르의 산문시「이방인L'étranger」에서 따온 것이다.『슬픔이여 안녕』이라는 제목 역시 작품의 서두에 인용한 폴 엘뤼아르의 시에서 차용한 것으로, 여기에서 '안녕Bonjour'은 작별 인사가 아니라 만날 때 하는 인사다. '슬픔'을 알게 된 주인공 세실이 아릿함과 죄책감을 안고 스스로의 마음 한편에 있는 그 낯선 감정에게 인사를 건네는 것이다. 아, 슬픔, 너 거기 있었니?

당대의 예술인들과 교우하면서 연애와 알코올, 도박을 즐기는 자유로운 생활을 하던 사강은 1957년 큰 교통사고를 당해 죽음 직전까지 갔다가 겨우 목숨을 건졌는데, 이때 병원에서 통증 치료를 위해 처방된 진통제로 인해 약물에 중독되어 평생 여러 약물에 의존하게 된다. 두 번 결혼하고 두 번 이혼했으며 코카인 소지 혐의로 기소되고 탈세 혐의로 집행유예를 선고받기도 했다. 2004년 프랑스 북부 옹플뢰르에서 지병이던 심장병과 폐 질환의 여파로 69세로 세상을 떠났다. 평생 18개월에 한 권의 간격으로 꾸준히 글을 써내 20권의 장편소설을 비롯해, 희곡, 단편소설집, 에세이, 서간집, 대담집, 시나리오, 전기, 가사 등 많은 작품을 남겼다. 그녀의 유해는 고향 카자르크에 묻혔다.

속도에, 알코올에, 약물에 취한, 빠르고 아찔하고 요란하고 화려한 삶. 이런 삶 이면에 프랑수아즈 사강에게는 문학이라는 또 하나의 우주가 있었다. 책 속의 세계라는 '평행하는 우주'의 주민이었던 그녀는 열대여섯 살 무렵 그 세계의 입구를 발견했다. 그녀가 수업에 자주 빠진 것도, 시험에 떨어진 것도 사실은 그 때문이었다. 랭보의 『일뤼미나시옹Les illuminations』을 읽고 한 대 얻어맞은 것 같은 둔중한 충격 속에서 사강은 이렇게 외친다. "누군가 이것을 썼다! 단어들이 책 속에서 일어나 바람을 일으키며 텐트의 지붕에 부딪혔다. 이어 내 위로 떨어져 내렸고, 이미지에 이어 이미지가, 열광에 이어 광채가 다가왔다." 그 순간 사강은 아르튀르 랭보를 문학의 위계에서 자신이 도달해야 할 기준점으로 삼았다. 사강에게 있어서 랭보는 "본격적으로 책을 읽기 시작한 이후 줄곧 짐작만 하고 있었던 그 무엇의 결정적인 발현, 그 짐작이 맞았음을 재확인시켜주는 문학적 검산"이었다.

랭보와 더불어 지드, 카뮈, 프루스트와 스탕달이 사강의 제단에 합류했다. "문학은 그 자체로 모든 것이었다. (……) 최선의 것이며 최악의 것이자 치명적인 것으로서, 일단 그 사실을 깨닫고 나면 나머지 것들은 그 정도의 가치가 없었다. 문학과 더불어, 단어와 더불어, 문학의 노예이자 대가인 이들과 더불어 스스로를 담금질하는 것 외에 달리 길이 없었다. 문학과 함께 달리고, 그 높이를 가늠할 수 없는 문학을 향해 기어올라가야 했다. 그러니까 그것을, 조금 전 읽고서도 내가 결코 쓰지 못할, 하지만 너무나 아름다워 같은 방향으로 달리지 않을 수 없는 그것을 향해."(『내 최고의 추억과 더불어 Avec mon meilleur souvenir』)

사강은 무엇보다 책 읽는 인간이었다. 침대에서, 카페에서, 해변에서, 해먹에서, 별장에서, 안락의자에서, 소파에서, 대기실에서, 비행기에서, 호텔 방에서, 요리나 정원 가꾸기나 바느질이나 산책을 하는 대신에, 책을 읽었다. 그녀의 책장에는 셰익스피어, 뱅자맹 콩스탕, 니체, 포크너, 콜레트, 스탕달, 플로베르, 헤밍웨이가 꽂혀 있었다. 자신이 주최한 파티가 무르익고 요란해질 무렵 그녀는 자리에서 빠져나와 후미진 한구석에 틀어박혀 아이리스 머독, 솔 벨로, 윌리엄 스타이런, 카슨 매컬러스, 캐서린 맨스필드를 읽었다. 에세이집 『내 최고의 추억과 더불어』에서 사강은 이렇게 쓴다. "나는 지나치게 나 자신으로 살았다. 그러므로 진정한 내 존재를 이른바 '완벽하게' 지각하기 위해서는 다른 누군가를 내 자리에 앉혀 나를 대신해서 살도록 하고 나는 책을 읽을 필요가 있었다."

사람을 사랑하게 된 정황은 기억나지 않아도 책과 사랑에 빠진 그 결정적이고 적확한 매혹의 순간만큼은 선명하게 기억한다는 사강은, 적절한 나이에 자신을 사로잡는 책을 읽음으로써 도달하게 되는 상태가 바로 지성의 밑바탕을 이룬다는 사실을 잘 알았다. 그리고 바로 이런 지성 때문에 사람들은 그녀에게 매혹되었다. 연애 사건에서도 이 지성이 무기로 작용했다. "사강에게는 앙드레 말로가 모든 것들 위에 놓은 것, 그가 '지성의 너그러움'이라고 부른 자질이 있다"고 사강 전집에 쓴 서문에서 필리프 바르틀레는 말한다. 그녀가 자신의 작품에 대해 우쭐하지 않았던 것은, 심지어는 읽지 않은 수많은 좋은 책이 기다리고 있으므로 이미 출간된 자신의 작품을 다시 읽지 않는다고 말했던 것은 그녀의 기준이 문학의 대가들이기 때문이었다. 요컨대 그녀에게 있어서 좋은 소설의 기준은 "톨스토이, 도스토옙스키, 셰익스피어"였고, 그래서 자신의 작품이 불러일으킨 대중적 인기 앞에서 진심으로 초연할 수 있었는데, 사실 이는 쉬운 일이 아니다.

랭보는 열아홉의 나이에 평생 그 어느 때보다도 랭보였다. 「새벽Aube」의 찬란한 베일, 「모음Voyelles」의 공감각적 교감, 「취한 배Le bateau ivre」의 천상의 흔들림이 그때 이미 그의 안에 자리 잡고 있었다. 이후 시인으로서가 아니라 상인으로서 노동자로서 유럽을, 북아프리카를 떠돌다가 서른일곱이라는 이른 나이에 마감한 그 후의 삶은 그 '절대적 문학성'을 훼손할 수 없었다.

그리고 『슬픔이여 안녕』을 발표한 열여덟의 나이에 사강은 이미 사강이었다. 1954년 한 대담에서 프랑수아즈 사강은 이렇게 말한다. "작가는 같은 작품을 쓰고 또 쓰는 것 같다. 다만 시선의 각도, 방법, 조명만이 다를 뿐."

2017년 노벨문학상을 받은 영국의 작가 가즈오 이시구로도

이에 동의한다. 한 대담에서 그는 자신의 세 작품『창백한 언덕 풍경 A pale view of hills』『부유하는 세상의 화가An artist of the floating world』『남아 있는 나날The remains of the day』에 대해 "같은 소설을 세 차례 썼다"고 밝힌다. 세 작품 모두 동일하게 개인이 불편한 기억과 어떻게 화해하는지 그려내려 했다는 것이다. 아울러 이시구로는 "작가란 자신의 소설에 펼쳐지는 허구적 풍경에 정통해야 한다"고, "작가가 탐구해야 할 것은 진짜 자연이나 실제 역사가 아니라 바로 그 소설적 세계"라고 강조한다. 책 속의 우주 말이다.

그러므로 이후 프랑수아즈 사강이 쓴 많은 소설은『슬픔이여 안녕』의 다양한 변용인지도 모른다. 사강은 자신의 작품 속에서 그렇게 일관되게 인간성의 이면과 관계의 본질을 시점과 배경과 정황을 달리해 꾸준히 천착했고, 그 저변에는 언제나 삶의 가장 민감한 시기에 가슴에 품은 '푸른 노트의 이야기'가 자리 잡고 있었다. 열여덟 살에 발표한 이 짧은 첫 소설이 지닌 어떤 매력이 이 작품을 사강 문학의 성소로 만드는 것일까?

이 책은 출판과 동시에 레몽 라디게의『육체의 악마Le diable au corps』비견되면서 저자의 천재성을 부각시켰고, 같은 해 비평가상을 받으면서 작품성을 확인받았다. 당시 프랑스 문단의 중진이자 노벨문학상 수상자인 프랑수아 모리아크는 "명석한 잔혹함을 지닌 (……) 이 매혹적인 작은 괴물"의 탄생에 놀라움을 표하면서 "프랑스인의 정신적인 삶을 증언하는 동시에 문학적인 장점을 지닌 작품"이라며 비평가상 수상 이유를 밝혔고, 「파리마치」에서는 사강을 두고 "열여덟 살 난 콜레트를 연상시킨다"고 했으며, 「콩바Combat」에서는 "정확하고 분명한 언어로 쓰인 짧고 영리한 작품"이라고 평가했다.

작중인물을 완전히 파악되지 않는 인물로 만드는 것이야말로 가장 좋은 의미에서의 문학임을 프루스트에게서 배운 사강은 이 작품에서 그 방식을 효율적으로 사용했다. '스완이 누구였지?'라고 묻는 대신에 작가로서의 프루스트가 누구였는지를 아는 것이 중요한 것처럼 『슬픔이여 안녕』의 주인공 세실은 프랑수아즈 사강이 곰팡내 나는 다락방에서, 눈 쌓인 산정에서, 푸른 포플러 아래에서 차곡차곡 쌓은 문학적 내공을 구현하고 있는 인물이다. 성년의 문턱에서 세실은 자신이 누구인지를 가볍지만 내면적이고, 자유롭지만 치밀하게 묻는다.

어쨌든 왜 나 자신을 그렇게 비판해야 하지? 나는 그냥 나야. 그러니 사태를 내 마음대로 느낄 자유가 있는 게 아닐까? 평생 처음으로 '자아'가 분열되는 듯했다. 나는 이런 이중적인 면을 발견하고 몹시 놀랐다. 나는 그럴싸한 변명거리를 찾아내 나 자신에게 나직하게 중얼거리며 그런 내가 진실한 나라고 설득했다. 다음 순간 갑자기 다른 '나'가 솟아올랐다. 그 다른 '나'는 조금 전 나 자신의 논거에 이의를 제기하면서 겉으로는 모두 타당해 보이지만 사실은 착각이라고 외쳐댔다. 그런데 사실 나를 속인 것은 이 다른 나가 아닐까? 그런 통찰이야말로 가장 지독한 잘못이 아닐까? 나는 몇 시간이고 방에 틀어박힌 채 안이 내게 불러일으키는 적대감과 공포가 타당한지, 아니면 내가 입으로만 독립성을 주장하는, 버릇없고 이기적인 여자애일 뿐인지 알아내기 위해 고민에 고민을 거듭했다.(69~70쪽)

나는 나 자신을 돌아볼 한순간의 여유도 없이 재빨리 계획을 세우기 시작했다. 나는 줄곧 방 안을 왔다 갔다 했다. 창문 가까이로 가서 모래 위에 부서져 고요하게 잦아드는 파도에 시선을 던졌다가 방문으로 돌아와서는 다시 돌아섰다. 나는 있을 수 있는 모든 반박을 계산하고 예측하고 대책을 세웠다. 그때까지는 한 번도 사람의 정신이 얼마나 민첩하고 순발력 있는지 실감한 적이 없었다. 나는 내가 위험할 정도로 능란하다고 느꼈다. 엘자에게 설명을 시작하는 순간 치밀어 오르던 자기혐오의 물결에, 이제 자부심과 내밀한 공모의 느낌, 고독감이 덧붙여졌다.(80쪽)

세실을 이렇게 당혹스럽게 만드는 것은 외부적 사건 그 자체가 아니라, 외적 사건을 계기로 들여다보게 된 자기 자신이다. 미국의 사상 연구자 주디스 그레이브스 밀러에 따르면 이런 주인공은 "루이자 메이 올콧의 『작은 아씨들Little women』이나 세귀르 백작 부인의 『모범적인 소녀들Les petites filles modèles』 같은, 그 나이 또래의 소녀들과는 전혀 다르다." 사실 느지막이 일어나 깡마른 온몸에 뜨거운 태양을 받으며 차가운 오렌지와 뜨거운 블랙커피를 번갈아 마시는 것으로 아침 식사를 대신하면서 몽롱한 머릿속으로 바다와 남자 친구를 떠올리는 세실은, 빵과 버터와 건강과 당위, 대학 입학 자격시험과 안정된 삶 같은 것에 관심이 없듯 그런 삶에 반대하는 데에도 관심이 없다. 밀러의 지적대로 "정신분석적 관점과 관습적인 소설적 관점 모두에서 특이한 이 작품에서 주인공은 성의 세계에 입문하지만, 성에 따른 역할을 받아들이고 '사회적으로 올바른' 성숙으로 나아가는 일 같은 것은 결코 일어나지 않는다."

세실이 들여다보는 이 '나'는 단선적으로 재단하자면 선한 나와 악한 나로, 다시 현재의 나와 과거의 나로 나뉘고 그 사이에 슬픔이 있다. 요컨대 행동하기 전의 나는 슬픔을 모르는 자아, 유년의 나이고 행동한 이후의 나는 이제 슬픔과 아는 사이가 된 성년의 자아다. 성장 소설로서 이 작품이 갖는 강점은 자의식적 고독 속에 혼자있는 일이 어렵고, 그 어려움의 경험으로 흔들려야만 어른이 된다는 사실을 독자가 의식하지 못할 만큼 내재적으로 보여주고 있다는 점이다. 다시 말해서 유년과 성년을 가르는 강을 건너기 위해서는 자신 안에서 '타자'를 발견하고 나와 남을 나누는 경계가 내 안에 있을 수 있음을 발견해야 한다는 것이다.

이 소설은 정치적인 담론에 무심하고 제2차 세계대전 후 프랑스 문단의 한 경향인 낭만주의적 경향과도 거리를 둔다. 어떤 종류든 간에 독자를 설득하려드는 거대한 개념 같은 것은 찾아볼 수 없다. 주인공을 움직이게 하는 것은 이념이 아니라 스스로의 독립성, 그조차 이름뿐인 것은 아닌지 확신할 수 없는 그런 독립성이다. 그런데 어이없을 정도로 무심해 보이는 이런 작가의 '무개입'은 쩌렁쩌렁한 교훈보다 훨씬 설득력이 있다.

> 그 생활에는 생각할 자유, 잘못 생각할 자유, 생각을 거의 하지 않을 자유, 스스로 내 삶을 선택하고 나를 나 자신으로 선택할 자유가 있었다. 나는 점토에 지나지 않았으므로 '나 자신으로 존재한다'고 말할 수는 없다. 하지만 그 점토는 틀에 들어가기를 거부한다.(64쪽)

사강 자신이 "그저 여주인공의 성격만 구상하고 하루 두 시간

씩 써내려간 소설"이라고 밝히는 이 작품에는 자연주의자들이 수백 페이지에 이르는 치밀하고 자세한 묘사를 통해 도달하고자 했던 인간 기질에 대한 고찰이 그 반의반도 안 되는 두께 안에 더 이상 경제적일 수 없을 정도로 짧고 감각적이며 경쾌하고 섬세하게 다루어진다. 사강의 소설이 대중문학과 본격문학의 경계에 있다는 평에서 자유롭지 못하면서도 여전히 '문학'인 이유는 독자에 영합하려는 의도가 없기 때문이다. 여러 소설에서 사강은 불편한 결말을 안김으로써 독자를 각성의 자리에 세운다. 예를 들어 『브람스를 좋아하세요······ Aimez-vous Brahms······』에서 독자는, 앞으로도 오랫동안 고독한 밤을 보내게 될 폴에게 씁쓸한 시선을 보내지 않을 수 없다.

그러므로 사강의 작품이 통속적인 로맨스 소설의 대중성과 프루스트적 자기분석을 가졌다는 말은 틀렸다. 프루스트만큼 치열하지 않을 수는 있지만 통속적인 로맨스 소설만큼 뻔하지는 않다. 사강의 작품 속에서 우리는 문학적 발화 행위의 조건인 저 '중성/삼인칭le neutre'의 개화를 만난다. 그리고 "나를 말할 수 있는 힘을 내게서 앗아가는 그 중성이 우리 내부에서 일어설 때 문학은 시작된다"(모리스 블랑쇼).

문학이란 무엇인가. "모든 것을 말할 수 있게 해주는 기이한 영토"(자크 데리다), "나와도, 너와도 무관한 비인칭의 공간"(질 들뢰즈), "언어로 도달할 수 있는 가장 이상적인 형태의 유토피아"(롤랑 바르트)인가. 프랑수아즈 사강에게 문학은 "어딘가에서 불이 타오르고 있음을 알려주는 화재 경보, 평생 동안 사랑해왔고 평생에 걸쳐 사랑하게 될 그 무엇"이었다. 그 경보를 일단 들은 이들은 불속에 몸을 던지거나 불을 향해 달려가 화상을 입을 위험에도 불구하고 그 주위를 돌아다닐 수밖에 달리 방도가 없다.

내 서가에는 프레드 바르가스와 스티븐 킹이 도스토옙스키와 플로베르 옆에 나란히 꽂혀 있다. 이제 진정한 문학적 위계에 대해 떠올리면서 앙드레 지드, 알베르 카뮈, 아르튀르 랭보, 마르셀 프루스트에 이어 조심스럽게 그대 앞에 놓는다. 프랑수아즈 사강의 이 소설을.

번역의 원전으로는 쥘리아르 출판사에서 나온 2016년판『슬픔이여 안녕』을 사용했고 오래된 한두 권의 한국어판과 영어판을 참조했다. 2016년 프랑스어판 표지에는 작품 속 세실만큼이나 젊고 여위고 매력적인 사강이 입가에는 알 듯 말 듯 한 미소를 띠고 있고, 초판본은 물론 이후 여러 판본에서도 볼 수 없었던, 무려 '컬트 소설Le livre culte'이라고 적힌 붉은색 띠지가 둘러져 있다. 하나의 작품이 고전이 되려면 적어도 반세기를 넘는 세월의 검정이 필요한 것일까. 새롭게 번역한 이 한국어판이 다시 번역될 필요가 생길 그날까지 제 몫을 다할 수 있기를.

작가 연보

1935 프랑스 카자르크에서 태어남. 본명은 프랑수아즈 쿠아레.

1939 제2차 세계대전 발발.

1940 독일군, 파리 입성.

1944 파리 수복. 종전 후 가족과 함께 파리로 이주. 루이즈드베티니 학교, 우아조 수녀원 부속학교를 다녔으나 학업 태만, 영성 부족 등의 이유로 퇴학당함.

1952 두 차례 시도 끝에 2차 대학 입학 자격시험에 합격. 소르본 대학교 입학.

1954 『슬픔이여 안녕Bonjour tristesse』을 프랑수아즈 사강이라는 필명으로 출간함. 열여덟 살의 대학생이 쓴 이 소설은 프랑스 문단의 한 사건으로 기록됨. 이 작품으로 비평가상 수상. 친구 플로랑스 말로의 소개로 평생 친구 베르나르 프랑크와의 교우가 시작됨.

1955 『슬픔이여 안녕』의 성공으로 미국을 방문함. 프랑스로 돌아온 후 자신의 무리와 함께 자유롭고 경쾌하며 무사태평한 생트로페식 생활을 주도함.

1956 소설 『어떤 미소Un certain sourire』. 에세이 『뉴욕New York』. 이 무렵부터 카지노와 나이트클럽, 스포츠카에 탐닉하는 정도가 심해짐.

1957 소설 『한 달 후, 일 년 후Dans un mois, dans un an』.   큰 교통사고를 당해 혼수상태에 들었다가 깨어남. 고통 완화를 위해 병원에서 처방받은 진

통제로 인해 약물 중독에 첫발을 디딤.

1958 20년 연상의 편집자 기 쇼엘러와 첫 번째 결혼. 오토 프레민저 감독이 『슬픔이여 안녕』을 영화화함. 옹플뢰르 근처에 작은 성을 구입함.

1959 소설 『브람스를 좋아하세요……Aimez-vous Brahms……』.

1960 기 쇼엘러와 이혼. 희곡 『스웨덴의 성Château en Suède』. 이 작품이 연극으로 공연되어 브리가디에 상을 받음.　알제리 주둔 프랑스 병사들의 부대 복귀 위반을 지지하는 121인 선언에 서명함.

1961 소설 『신기한 구름Les merveilleux nuages』.

1962 젊은 미국 조각가 밥 웨스토프와 두 번째 결혼. 아들 드니 태어남. 희곡 『바이올린은 때때로Les violons parfois』.

1963 밥 웨스토프와 이혼. 희곡 『발랑틴의 연보랏빛 드레스La robe mauve de Valentine』. 시나리오 〈랑드뤼Landru〉.

1964 일기풍의 에세이 『독Toxique』. 희곡 『행복, 홀수번호, 패스Bonheur, impair et passe』.

1965 소설 『항복의 나팔La chamade』.

1966 희곡 『사라진 말Le cheval évanoui』, 『가시L'écharde』.

1968 소설 『마음의 파수꾼Le garde du cœur』. 68혁명 일어남. 인공 임신중지 권리를 지지하는 343인 선언에 참여함.

1969 소설 『찬물 속 한 줄기 햇빛Un peu de soleil dans l'eau froide』.

1970 희곡 『풀밭의 피아노Un piano dans l'herbe』.

1971 테네시 윌리엄스의 희곡 『청춘의 달콤한 새Sweet bird of youth』를 각색함.

1972 소설 『영혼의 푸른 멍Des bleus à l'âme』.

1973 에세이 『그는 향기다Il est des parfums』, G. 아노토와 공저. 우울증으로 병원에 입원했다가 퇴원함.

1974 소설 『잃어버린 프로필Un profil perdu』. 대담집 『답변들Réponses』.

1975 단편집 『비단 같은 눈Des yeux de soie』. 사진 에세이 『브리지트 바르도Brigitte Bardot』, 사진가 G. 뒤사르와 공저.

1977 소설 『흐트러진 침대Le lit défait』. 시나리오 〈보르자가의 금빛 혈통Le sang doré des Borgia〉, 자크 쿠아레와 공저.

1978 희곡『밤낮으로 날씨는 맑고Il fait beau jour et nuit』.

1979 칸 영화제 심사위원으로 선출됨. 황금종려상 수상작은 〈양철북〉과 〈지옥의 묵시록〉.

1980 소설『사냥개Le chien couchant』.

1981 소설『화장한 여자La femme fardée』. 단편집『무대 음악Musiques de scènes』.

1983 소설『고요한 폭풍우Un orage immobile』.

1984 에세이『내 최고의 추억과 더불어Avec mon meilleur souvenir』.

1985 소설『지루한 전쟁De guerre lasse』. 서간집『상드와 뮈세, 연애편지Sand et Musset, lettres d'amour』의 추천사. 단편집『라켈 베가의 집La maison de Raquel Vega』, 페르난도 보테로의 그림에 부침. 모나코 피에르 대공 상을 받음.

1987 소설『핏빛 수채물감Un sang d'aquarelle』. 전기『사라 베르나르, 깨뜨릴 수 없는 웃음Sarah Bernhardt: Le rire incassable』.

1988 에세이『파리의 골목La sentinelle de Paris』, 위니 덴커와 공저.

1989 소설『끈La laisse』.

1991 소설『핑계Les faux-fuyants』.

1992 대담집『응수들Répliques』.

1993 자전소설『...그리고 내 모든 공감...Et toute ma sympathie』.

1994 소설『지나가는 슬픔Un chagrin de passage』.

1995 코카인 소지 혐의로 기소됨. 신新드골주의자 자크 시라크 대통령 취임.

1996 소설『방황하는 거울Le miroir égaré』.

1998 회고록『어깨 너머로 돌아보다Derrière l'épaule』.

2001 당뇨병 합병증으로 혼수상태에 빠졌다가 깨어남.

2002 탈세 혐의로 집행유예 1년을 선고받음.

2004 69세로 옹플뢰르에서 수년간 앓던 심장병과 폐 질환의 여파로 사망함. 고향 카자르크 묘지에 평생의 친구 페기 로슈 옆에 묻힘. 당시 자크 시라크 프랑스 대통령이 "인간 마음의 열정과 재기를 탐사한 프랑스의 가장 감각적인 작가를 잃었다"라고 애도함.

슬픔이여 안녕

클래식 라이브러리 001

2판 1쇄 발행 2023년 3월 31일
2판 6쇄 발행 2024년 11월 21일

지은이 프랑수아즈 사강
옮긴이 김남주
펴낸이 김영곤
펴낸곳 아르테

편집팀 정지은 김지혜 박지석 이영애 김경애 양수안
출판마케팅팀 한충희 남정한 나은경 최명열 한경화
영업팀 변유경 김영남 강경남 최유성 전연우 황성진
        권채영 김도연
제작팀 이영민 권경민

출판등록 2000년 5월 6일 제406-2003-061호
주소 (우 10881) 경기도 파주시 회동길 201(문발동)
대표전화 031-955-2100
팩스 031-955-2151

ISBN 978-89-509-3565-8 04800
ISBN 978-89-509-7667-5 (세트)

아르테는 (주)북이십일의 문학 브랜드입니다.

『슬픔이여 안녕』『평온한 삶』『자기만의 방』『워더링 하이츠』『변신』『인간 실격』『도리언 그레이의 초상』『코·초상화』『수레바퀴 아래서』『데미안』『비켓덩어리』『사랑에 관하여』『허클베리 핀의 모험』『이방인』『노인과 바다』『위대한 개츠비』『작은 아씨들』

클래식 라이브러리 시리즈는 계속 출간됩니다.